Cronistas do descobrimento

PERO VAZ DE CAMINHA, PILOTO ANÔNIMO,
PERO LOPES DE SOUSA, MANUEL DA NÓBREGA,
ANDRÉ THEVET, JEAN DE LÉRY,
HANS STADEN, JOSÉ DE ANCHIETA,
PERO DE MAGALHÃES GÂNDAVO,
FERNÃO CARDIM, GABRIEL SOARES DE SOUSA

Cronistas do descobrimento

TEXTOS SELECIONADOS

Organização
Antonio Carlos Olivieri
Marco Antonio Villa

© Antonio Carlos Olivieri, 1999
© Marco Antonio Villa, 1999

gerente editorial Claudia Morales
editor Fabricio Waltrick
editor assistente Emílio Satoshi Hamaya
diagramadora Thatiana Kalaes
colaboração Fabiane Zorn, Grazielle Veiga
coordenadora de revisão Ivany Picasso Batista
revisão Bárbara Borges, Cláudia Cantarin, Clayton Gallo, Luciana Soares da Silva
projeto gráfico Fabricio Waltrick e Luiz Henrique Dominguez
coordenadora de arte Soraia Scarpa
editoração eletrônica Luiz Henrique Dominguez
pesquisa iconográfica Evelyn Torrecilla e Carlos Luvizari

imagem da capa *Who's afraid of red?* (Carneiros), 2002, obra de Dora Longo Bahia

CIP-BRASIL. CATALOGAÇÃO NA FONTE
SINDICATO NACIONAL DOS EDITORES DE LIVROS - RJ

C957
5.ed.

Cronistas do descobrimento / organizadores Antonio Carlos Olivieri, Marco Antonio Villa ; Pero Vaz de Caminha... [et al.]. - 5.ed. - São Paulo : Ática, 2012.
168p. -(Bom Livro)

Inclui apêndice e bibliografia
ISBN 978 85 08 15410-4

1. Brasil - História - Descobrimento, 1500 - Fontes. 2. Brasil - História - Período colonial, 1500-1822 - Fontes. 3. Brasil - Descrição e viagem. I. Olivieri, Antonio Carlos. II. Villa, Marco Antonio. III. Caminha, Pero Vaz de, 1450?-1500. IV. Série.

09-3760.
CDD: 981
CDU: 94(81)

ISBN 978 85 08 15410-4 (aluno)
ISBN 978 85 08 12710-8 (professor)
Código da obra CL 737833
CAE: 266452

2022
5ª edição
10ª impressão
Impressão e acabamento: Gráfica Paym

Todos os direitos reservados pela Editora Ática | 1999
Av. Otaviano Alves de Lima, 4400 | Cep 02909-900 | São Paulo | SP
Atendimento ao cliente: 4003-3061 | atendimento@atica.com.br
www.atica.com.br | www.atica.com.br/educacional

IMPORTANTE: Ao comprar um livro, você remunera e reconhece o trabalho do autor e o de muitos outros profissionais envolvidos na produção editorial e na comercialização das obras: editores, revisores, diagramadores, ilustradores, gráficos, divulgadores, distribuidores, livreiros, entre outros. Ajude-nos a combater a cópia ilegal! Ela gera desemprego, prejudica a difusão da cultura e encarece os livros que você compra.

Sumário

Cronistas do século XVI: o Brasil na visão dos descobridores 9

Pero Vaz de Caminha 25
Carta do achamento do Brasil 27

Piloto Anônimo 35
Relação da viagem de Pedro Álvares Cabral 37

Pero Lopes de Sousa 45
Diário da navegação 47

Manuel da Nóbrega 55
Carta e Diálogo sobre a conversão do gentio 57

André Thevet 67
As singularidades da França Antártica 69

Jean de Léry 77
Viagem à terra do Brasil 79

Hans Staden 95
Viagem ao Brasil 97

José de Anchieta 103
"A Santa Inês" e Carta 105

Pero de Magalhães Gândavo 125
História da Província de Santa Cruz 127

Fernão Cardim 137
Tratados da terra e gente do Brasil 139

Gabriel Soares de Sousa 149
Tratado descritivo do Brasil em 1587 151

Bibliografia 159
Obra da capa 165

CRONISTAS DO SÉCULO XVI: O BRASIL NA VISÃO DOS DESCOBRIDORES

Antonio Carlos Olivieri e Marco Antonio Villa

Formado em letras pela Universidade de São Paulo (USP), Antonio Carlos Olivieri é jornalista e escritor. Mestre em sociologia e doutor em história social pela USP, Marco Antonio Villa é professor da Universidade Federal de São Carlos (UFSCar).

Que descobrimento é esse?

É preciso relativizar a ideia de o Brasil ter sido descoberto por Pedro Álvares Cabral. Com a chegada dos navegadores portugueses, não ocorreu propriamente um descobrimento. Antes deles, o atual território brasileiro era habitado: estima-se a população indígena entre 1 e 5 milhões no Brasil de 1500. Foram os antepassados distantes desses índios que descobriram o Brasil, ao povoá-lo, por volta do ano 20000 a.C.

Além disso, outro português tinha estado aqui antes de Cabral. Em 1498, dom Manuel I, rei de Portugal, incumbiu o navegador Duarte Pacheco Pereira de uma expedição a oeste

Dança em ritual canibalista, gravura em cobre de Theodore de Bry, que ilustra o texto de Jean de Léry, *Viagem à terra do Brasil*.

do Atlântico sul. Suas caravelas atingiram o litoral brasileiro e chegaram a explorá-lo, à altura dos atuais estados do Amazonas e do Maranhão. A notícia foi mantida em sigilo pelo governo português, que enfrentava a concorrência espanhola na conquista da América do Sul.

Porém, se a chegada da frota de Pedro Álvares Cabral não tem o sentido absoluto de um descobrimento, nem por isso o fato perdeu importância e significação. O 22 de abril de 1500 é a data oficial da integração do território brasileiro no sistema econômico mercantilista, em vigor na Europa, e que teve no comércio do ouro e das especiarias sua principal atividade. A data representa também a tomada de posse do território brasileiro pelo reino de Portugal, bem como o momento de inclusão do Brasil na história universal.

No século que se seguiu ao desembarque de Cabral, Portugal consolidou a posse da terra, submetendo o Brasil ao seu modelo econômico, erguido a partir das grandes navegações, no século XV. Assim, a ocupação e a exploração do território brasileiro — que compreendia inicialmente o litoral de Nordeste a Sudeste — foram feitas em benefício do colonizador: a Metrópole portuguesa. Para ela, a Colônia representava apenas um fornecedor de matéria-prima e metais preciosos.

O século XVI é o momento inicial da construção da colonização do Brasil pelos portugueses. É marcado por um processo histórico que começa com o confronto com índios, pela posse da terra, e com espanhóis e franceses, pelo direito de explorá-la comercialmente. Termina com o estabelecimento definitivo de povoações e estruturas econômicas (agricultura e comércio) na Colônia, além de um sistema político-administrativo.

O primeiro século de colonização

A conquista

No início do século XVI, os interesses portugueses estavam voltados para o lucrativo comércio das especiarias orientais, que atingira o apogeu em 1498, com a viagem de Vasco da Gama à Índia. Assim, não havia motivos para fazer grandes investimentos na nova colônia. Por não exigir muitos recursos, a extração do pau-brasil se revelou a melhor alternativa para explorar o território, batizado inicialmente de Terra de Santa Cruz. Até a década de 1560, o pau-brasil, utilizado para o tingimento de tecidos, foi o principal produto comercial da Colônia, dando-lhe o nome definitivo.

Em troca do pagamento de impostos e da prestação de serviços, como a construção de fortes e sua manutenção, o rei de Portugal concedia a um comerciante — o primeiro foi Fernão de Loronha, em 1502 — o direito de extrair pau-brasil. O concessionário organizava a viagem para o Brasil. A princípio, o contato amistoso com os indígenas garantia sua colaboração na empreitada. Eram eles que localizavam, derrubavam e transportavam as árvores até o litoral. Em troca recebiam mercadorias: facas, machados e até armas de fogo. A exploração intensiva rapidamente levou a uma devastação das matas no litoral, obrigando os índios a trazer a madeira de locais cada vez mais distantes. Com o passar dos anos, as dificuldades começaram a tornar o negócio menos lucrativo.

Nessa época, as fronteiras criadas na América pelo Tratado de Tordesilhas (1494) ainda não estavam claramente definidas. Portugal disputou as costas do Brasil com navegantes espanhóis e, especialmente, franceses, cuja presença constante levou o novo rei de Portugal, dom João III, a organizar expedições de defesa do litoral brasileiro. Em 1527, a expedição comandada por Cristóvão Jacques aprisionou diversos navios e mais de duzentos marinheiros franceses. Entretanto, as dificuldades financeiras para organizar as expedições guarda-costas, a decadência do comércio com o Oriente e o receio das ameaças dos franceses no litoral brasileiro levaram o rei a decidir-se pelo início da ocupação efetiva do território do Brasil.

Encarregado da tarefa em 1531, Martim Afonso de Sousa chegou ao Brasil no ano seguinte. Fundou a vila de

São Vicente no litoral paulista, que se tornou um centro de expansão portuguesa rumo ao interior. Em 1534, sem recursos para explorar a colônia brasileira, dom João III criou o sistema de capitanias hereditárias, que constituíram a primeira divisão administrativa do Brasil. A Coroa portuguesa doou imensas porções de terra — desde Belém do Pará até a ilha de Santa Catarina — a particulares, os donatários, que tinham a obrigação de protegê-las e povoá-las, em troca do direito de exploração.

Porém, o desinteresse ou a incapacidade financeira de muitos donatários para o empreendimento colonial contribuíram para o fracasso do sistema de capitanias, que não resolveu o problema da ocupação definitiva do território. Em meados do século XVI, a presença dos franceses e outros navegantes europeus continuava a ameaçar o domínio português na América. Assim, dom João III resolveu implantar no Brasil um governo-geral, que centralizaria a administração e a defesa da Colônia.

Na página oposta, *Terra Brasilis*, detalhe do mapa de Lopo Homem, de 1519, que mostra a representação do então disputado território brasileiro.

O mapa da baía de Guanabara, de Jacques de Vau de Claye, é de 1578 e atesta a ocupação do território pelos franceses.

Em 1548, designou Tomé de Sousa como primeiro governador-geral. Partindo para o Brasil no ano seguinte, Tomé de Sousa veio acompanhado de mil homens, parte dos quais degredados, além de seis missionários da Companhia de Jesus. Deu início à construção e fortificação da cidade de Salvador, na Bahia de Todos os Santos, que se tornou a sede administrativa da Colônia até o século XIX.

Seu sucessor, Duarte da Costa, governou o Brasil de 1554 a 1559. Nesse período, ocorreu a primeira tentativa francesa de colonização do país. Em 1555, o almirante

CRONISTAS DO DESCOBRIMENTO 13

Nicolas Durand de Villegaignon, com o apoio do rei francês Henrique II, liderou uma expedição com esse objetivo. Fundou um forte e um povoado na baía da Guanabara, mantendo-os por cinco anos apesar da resistência portuguesa.

Com a designação de Mem de Sá como governador-geral, em 1559, tornou-se prioridade portuguesa a expulsão dos franceses. Mem de Sá organizou uma poderosa expedição com 2 mil homens, a maior parte dos quais formada por aliados indígenas, e atacou Villegaignon, derrotando-o em 1560. Ainda assim, navios franceses continuaram a desafiar os portugueses na Guanabara, até 1565, quando estes fundaram a vila de São Sebastião do Rio de Janeiro, dominando definitivamente a região.

O desenvolvimento econômico

Na segunda metade do século XVI, os fatos econômicos são mais relevantes que os políticos para a história do Brasil. A extração do pau-brasil perdeu importância econômica, sendo substituída pela agricultura. A cana-de-açúcar tornou-se o principal produto comercial da Colônia. A economia açucareira desenvolveu-se no Nordeste brasileiro, especialmente em Pernambuco e na Bahia, que possuíam solo e clima favoráveis. O litoral nordestino também se localizava mais perto dos portos portugueses, o que barateava os custos de transporte.

A concessão das terras cultiváveis pelo rei foi feita através de grandes propriedades, os latifúndios. Para trabalhar, em regime de escravidão, no plantio da cana-de-açúcar, foram trazidos da África escravos negros, em substituição aos índios, que resistiram à escravidão rebelando-se ou fugindo. A concentração de grandes propriedades nas mãos de poucos proprietários, a agricultura extensiva e o uso do trabalho escravo se transformaram nas características básicas da economia da Colônia até as últimas décadas do século XIX. A escravidão foi incentivada pela própria Metrópole, pois o tráfico negreiro também se revelava um negócio lucrativo.

Ao lado dele, o comércio regular com o Brasil também era um importante elemento da exploração econômica da Colônia. Comerciantes compravam açúcar por preços baixos nas zonas produtoras nordestinas e revendiam por altos preços na Europa. Ao mesmo tempo, vendiam no Brasil, a preços igualmente altos, produtos manufaturados e alimentos, que eram escassos, devido ao cultivo exclusivo (monocultura) do açúcar nos latifúndios.

Nas últimas décadas do século XVI, consolidou-se o domínio português. O reconhecimento do litoral estava concluído, assim como a ocupação de grande parte das terras litorâneas, especialmente no Nordeste. A produção de açúcar não parou de crescer. Entre 1570 e 1585, o número de engenhos — nos quais se processava a cana para extrair o açúcar — dobrou na Colônia. O sucesso da economia açucareira deu a Portugal as condições financeiras para assegurar-se da posse e da ocupação efetiva do Brasil.

Ironicamente, o ápice desse processo aconteceu sob o domínio espanhol. Em 1578, na inexistência de herdeiros portugueses ao trono, o rei Filipe II da Espanha, neto de

Jean-Baptiste Debret (1768--1848) mostra nesta sua aquarela de meados do século XIX que a cana-de-açúcar estava presente não só na grande produção dos engenhos, como também no cotidiano da cidade: a pequena moenda portátil, colocada em um estabelecimento comercial do Rio de Janeiro, era usada para espremer o caldo da cana e vendê-lo.

dom Manuel I, foi considerado o herdeiro legítimo do trono português. Em 1580, Portugal e suas colônias, incluindo o Brasil, passaram a ser governados pela corte de Madri. O domínio espanhol se estendeu até 1640.

A literatura de informação

Diversos viajantes europeus que aqui estiveram, no século XVI, registraram no papel suas observações sobre a terra. Fizeram-no por obrigação profissional ou por motivos pessoais. Seus textos são basicamente depoimentos e relatos de viagem, com a finalidade de apresentar aos compatriotas um panorama do Novo Mundo. Sob a forma de cartas, diários, tratados ou crônicas, esses textos informativos foram escritos principalmente por portugueses.

O primeiro texto é a carta de Pero Vaz de Caminha ao rei de Portugal, dom Manuel I, escrita entre abril e maio de 1500, quando a frota de Cabral se preparava para deixar o Brasil, seguindo em direção à Índia. Nela, o escrivão da armada dá conta do descobrimento da terra, descrevendo seus aspectos físicos e o contato com os nativos.

Dois chefes tupinambás com os corpos adornados por plumas, ilustração que faz parte do livro *Duas viagens ao Brasil*, de Hans Staden.

De autoria dos portugueses, segue-se à carta de Caminha uma série de outras obras. Entre elas, podem-se destacar o *Diário da navegação da armada que foi à terra do Brasil*, de Pero Lopes de Sousa, que narra minuciosamente a expedição de Martim Afonso, em 1532, e o *Tratado descritivo do Brasil em 1587*, do senhor de engenho Gabriel Soares de Sousa, que procura traçar um amplo panorama da Colônia, em seus aspectos históricos, geográficos e econômicos.

Entretanto, europeus de outra nacionalidade, que aqui estiveram, também deixaram documentos importantes sobre o Brasil de então.

É o caso de *Duas viagens ao Brasil* (1557), do alemão Hans Staden, que descreve pormenorizadamente o modo de vida dos tupinambás, dos quais foi prisioneiro em 1554. Também se destacam *Viagem à terra do Brasil*, de Jean de Léry, e *As singularidades da França Antártica*, de André Thevet, que documentam a tentativa de colonização francesa comandada por Villegaignon.

Missionários jesuítas também estiveram no Brasil, a partir do primeiro governo-geral. Seu objetivo principal era catequizar os índios, convertendo-os ao cristianismo, mas seu trabalho acabou ultrapassando os limites religiosos e interferiu em diversos aspectos da vida colonial, particularmente com a criação de escolas e vilas. Os jesuítas também nos legaram obras sobre o período, como as *Cartas*, de Manuel da Nóbrega e José de Anchieta, fundadores da cidade de São Paulo.

Esse conjunto de textos — produzidos no Brasil ou apresentando a Colônia como tema — constitui a fonte original que nos permitiu o conhecimento dos fatos históricos. Em sua totalidade, as obras documentam os vários aspectos da implantação do processo colonial em território brasileiro. Nesse sentido, sua importância histórica é indiscutível: trata-se do relato dos acontecimentos pela perspectiva privilegiada de participantes ou testemunhas oculares. Toda historiografia sobre o período é tributária dessa literatura de informação. Mas não se esgota aí a riqueza desses textos, em que também se podem encontrar valores estéticos, que os aproximam de textos literários.

Imaginação e estilo

Dada sua finalidade principalmente informativa, a linguagem dos textos do século XVI em geral não admite metáforas nem outros artifícios estéticos. Entretanto, o caráter narrativo da maioria das obras e a capacidade imaginativa dos autores contribuem para fazê-los superar o caráter utilitário dos relatórios burocráticos ou científicos.

Nas obras, a anedota, a aventura e a fantasia se misturam com as informações sobre a terra e os acontecimentos históricos, gerando narrativas com as quais o leitor não consegue deixar de se envolver, como num bom livro de ficção. O exemplo mais evidente é a obra de Hans Staden, repleta de peripécias e de episódios emocionantes, em que a vida do protagonista corre perigo. Porém, até numa carta de Anchieta (*Ao padre geral*, 1/6/1560) podem-se encontrar, lado a lado, a expulsão dos franceses da Guanabara e as aventuras do padre para salvar índios cristianizados que caíram prisioneiros de uma tribo antropófaga.

No que se refere à linguagem, podem-se encontrar nos textos do século XVI preocupações estilísticas semelhantes às dos prosadores portugueses do mesmo período. Um exemplo é a carta de Caminha. Homem erudito, ao dirigir-se ao rei o escrivão de Cabral estava atento aos padrões de elegância linguística da época. O cuidado com o estilo também está presente na *História da Província de Santa Cruz*, de Pero de Magalhães Gândavo, que foi estudioso da gramática portuguesa, tendo sido um dos primeiros a estabelecer suas normas num tratado.

Assim, as qualidades estilísticas se unem à criatividade e às manifestações de emoção dos autores, modificando o caráter informativo/utilitário dos textos do século XVI e neles revelando valores artísticos e literários. Esses valores são reforçados na medida em que os textos apresentam particularmente o deslumbramento e o entusiasmo do europeu diante da natureza exuberante dos trópicos.

Essas sensações são a base de um sentimento de afeto pelo território que veio a se desenvolver em seus habitantes. Manifestou-se gradualmente ao longo do século XVI, até se transformar num modo de pensar, o nativismo, que valorizava a Colônia, chegando mesmo a considerá-la o futuro do reino de Portugal. O nativismo representou o estabelecimento dos conflitos de visão de mundo que permitiram diferenciar a mentalidade dos habitantes e nativos do Brasil do pensamento dos reinóis, isto é, dos naturais do reino lusitano. Nesse sentido, foi um dos primeiros passos do povo do Brasil em direção à independência e à construção da nacionalidade.

Apresentando-se de forma embrionária nos textos do século XVI, o nativismo tornou-se uma característica essencial das obras do barroco e do arcadismo, nossas primeiras escolas literárias, que se manifestaram respectivamente nos séculos XVII e XVIII. Vistos por essa ótica, a compreensão do desenvolvimento histórico da literatura brasileira no período colonial tem como pré-requisito o conhecimento dos textos informativos produzidos entre 1500 e 1600.

Mas não se esgota aí a sua importância para os estudos de literatura brasileira. Esses textos também repercutiram em muitos autores brasileiros dos séculos posteriores. Em meados do século XIX, num momento histórico marcado pela necessidade de afirmar a nacionalidade recém-adquirida, os escritores do romantismo, como Gonçalves Dias e José de Alencar, vão pesquisar as origens do país nos textos quinhentistas. Deles extraem a imagem do índio que utilizarão como personagem-símbolo da nacionalidade.

Por outra perspectiva, a primeira geração do modernismo vai se debruçar sobre os textos do século XVI para propor uma nova noção de nacionalismo, que questionava satiricamente os padrões culturais europeus seguidos no Brasil. A carta de Pero Vaz de Caminha é ironizada no capítulo IX ("Carta pras Icamiabas") do *Macunaíma*, de Mário de Andrade. No livro *Pau-Brasil*, Oswald de Andrade compôs vários poemas com frases extraídas dos autores do

Pão de Açúcar, de 1925, desenho da pintora Tarsila do Amaral para ilustrar o livro *Pau-Brasil*, de Oswald de Andrade.

século XVI, de modo a criar uma versão paródica do modo tradicional de narrar a história do Brasil.

Assim, pode-se afirmar que os textos do século XVI apresentam interesse literário: a) por documentar o contexto histórico e cultural específico em que a literatura brasileira surgiu; b) pelas manifestações de criatividade e pelo cuidado estilístico; c) por apresentar a origem de características predominantes nas primeiras escolas literárias brasileiras, o barroco e o arcadismo; d) por servir de inspiração à literatura brasileira de épocas posteriores.

Esta antologia

Os estudos de literatura brasileira consideram como seu objeto somente os textos escritos em português. Em sua *História concisa da literatura brasileira*, o professor Alfredo Bosi aponta os cinco autores e obras mais significativos do século XVI. São eles:

a) Pero Vaz de Caminha, *Carta do achamento do Brasil* (1500);

b) Pero Lopes de Sousa, *Diário da navegação* (1530);

c) Pero de Magalhães Gândavo, *Tratado da terra do Brasil* e *História da Província de Santa Cruz a que vulgarmente chamamos Brasil* (1576);

d) Fernão Cardim, *Narrativa epistolar* (1583) e *Tratados da terra e gente do Brasil* (data incerta);

e) Gabriel Soares de Sousa, *Tratado descritivo do Brasil em 1587*.

Além desses, incluímos na presente antologia a narrativa do Piloto Anônimo, que complementa o relato de Caminha, apresentando a viagem de Cabral propriamente dita. Acrescentamos também as cartas de Nóbrega e de Anchieta, que enfocam aspectos essenciais do período, como a catequese do indígena e a expulsão dos franceses da Guanabara. Primeiro homem a escrever versos no Brasil e autor de uma obra poética de valor considerável, Anchieta também está representado por um poema, "A Santa Inês".

Também incluímos na coletânea trechos das obras de Léry, Thevet e Staden. Independentemente de se tratar de traduções, são obras que focalizam o Brasil do mesmo período, por uma perspectiva frequentemente semelhante à dos portugueses, no tocante à informação. Além disso, pela riqueza e precisão de detalhes, trata-se de textos fundamentais para o conhecimento dos índios, os primeiros habitantes do país.

As edições que utilizamos são consideradas as principais. Quanto às traduções, no caso do texto de Staden utilizamos uma edição brasileira de 1930; os textos de Thevet e Léry foram traduzidos especialmente para esta edição. Todos os textos que seguem foram atualizados ortograficamente. Sintaxe e vocabulário, porém, foram mantidos em sua forma original; atualizações nesse sentido acabariam por interferir no próprio espírito das obras, descaracterizando-as.

Em algumas passagens, quando a defasagem vocabular entre o português quinhentista e o atual é muito grande ou o contexto é de difícil compreensão para o leitor, foram incluídas notas de rodapé para esclarecer dúvidas. Os trechos da obra de cada autor são precedidos por notas com informações biográficas e sobre os livros de que foram extraídos.

Como se poderá ver, a vivacidade das narrativas ou descrições dos cronistas do século XVI assim como o interesse histórico dos temas ou episódios tornam difícil não se deixar envolver pelo prazer da leitura e embarcar numa viagem pelo passado, conduzida pelas vozes da própria História.

Cronistas do descobrimento

Pero Vaz de Caminha
A CERTIDÃO DE NASCIMENTO DO PAÍS

Pouco se sabe acerca de Pero Vaz de Caminha (Porto?, 1450 - Calicute, 1500), até se tornar escrivão da armada de Pedro Álvares Cabral. Era filho de Vasco Fernandes Caminha, fidalgo e escrivão ligado aos empreendimentos ultramarinos. Devido à sua participação na guerra contra Castela, em 1476, foi nomeado mestre da Balança da (Casa da) Moeda, um cargo equivalente ao de escrivão e tesoureiro. Também foi eleito vereador pela cidade do Porto, em 1497, tendo redigido os *Capítulos da Câmara*, uma espécie de Constituição local.

Não se conhecem as circunstâncias em que Caminha foi nomeado escrivão da armada, mas o cargo revela prestígio e confiança junto à Corte portuguesa. Após a viagem ao Brasil, devia fixar-se na Índia, como escrivão da feitoria portuguesa em Calicute. Porém, diante da hostilidade dos habitantes dessa cidade à sua frota, Cabral reagiu com grande violência, massacrando os indianos. Pero Vaz de Caminha morreu em combate, em um dia ignorado de dezembro de 1500.

Foi a *Carta do achamento* que fez o escrivão passar à História. Escrita entre os dias 26 de abril e 1º de maio de 1500, tem como objetivo informar ao rei de Portugal, dom Manuel I, o descobrimento e apresentar-lhe o que aí se encontrou. A carta revela um estilo claro, marcado pela objetividade que convém a um relatório. Os fatos aparecem narrados em ordem cronológica, desde o começo da viagem, em 9 de março, até o momento de deixar o Brasil, em 2 de maio.

Mas o texto acaba sendo mais do que apenas um inventário dos fatos, pois o escrivão não se comportou como um simples burocrata. Como observa o professor José Aderaldo Castello, a carta é

> [...] a primeira expressão do deslumbramento e ao mesmo tempo dos equívocos e intenções do colonizador português, através de uma linguagem

fluente e poética, com certo senso de humor, embora um tanto grave, de mistura com um ou outro trocadilho malicioso. É o ponto de partida da exaltação e valorização da terra aos olhos do colonizador, a quem são apontadas suas vantagens e possíveis riquezas, ao mesmo tempo que se pretende colocar em primeiro plano o ideal português da propagação da cristandade, o que encontraria um campo aberto no elemento indígena.

A primeira publicação da carta em livro data de 1817. Foi feita pelo padre Manuel Aires do Casal, que encontrou uma cópia do texto no Arquivo da Marinha Real do Rio de Janeiro. A seguir, transcrevemos quatro passagens do texto, que apresentam, respectivamente: a) o começo da viagem e a chegada ao Brasil; b) um momento de confraternização entre índios e portugueses; c) trocas de presentes e hábitos indígenas; d) a primeira tentativa de cristianização dos nativos.

Carta do achamento[1] do Brasil

> Relatando ao rei de Portugal o descobrimento, o escrivão da armada de Cabral descreve, deslumbrado, a terra e seus habitantes, registrando as emoções do primeiro contato com os índios.

I

Senhor:

Posto que o Capitão-mor desta vossa frota, e assim os outros capitães escrevam a Vossa Alteza a nova do achamento desta vossa terra nova, que nesta navegação agora se achou, não deixarei também de dar minha conta disso a Vossa Alteza, o melhor que eu puder, ainda que — para o bem contar e falar —, a saiba fazer pior que todos.

Tome Vossa Alteza, porém, minha ignorância por boa vontade, e creia bem por certo que, para alindar nem afear, não porei aqui mais do que aquilo que vi e me pareceu.

Da marinhagem e singraduras do caminho não darei aqui conta a Vossa Alteza, porque o não saberei fazer, e os pilotos devem ter esse cuidado. Portanto, Senhor, do que hei de falar começo e digo:

A partida de Belém[2], como Vossa Alteza sabe, foi, segunda-feira, 9 de março. Sábado, 14 do dito mês, entre as oito e as nove horas, nos achamos entre as Canárias, mais perto da Grã-Canária, onde andamos todo aquele dia em calma, à vista delas, obra de três a quatro léguas. E domingo, 22 do dito mês, às dez horas, pouco mais ou menos, houvemos vista das ilhas de Cabo Verde, ou melhor, da ilha de S. Nicolau, segundo o dito de Pero Escolar, piloto.

Na noite seguinte, segunda-feira, ao amanhecer, se perdeu da frota Vasco de Ataíde com sua nau, sem haver tempo forte nem contrário para que tal acontecesse. Fez o Capitão suas diligências para o achar, a uma e outra parte, mas não apareceu mais!

---

1 **achamento:** a palavra *descobrimento* já existia no século XVI, mas *achamento* era uma forma mais corrente na época. (N.O.)

2 **Belém:** distrito de Lisboa, onde ficavam a praia do Restelo (hoje desaparecida) e o porto no rio Tejo do qual as caravelas seguiam para o oceano, num percurso de 16 quilômetros. (N.O.)

E assim seguimos nosso caminho, por este mar, de longo, até que, terça-feira das Oitavas de Páscoa[3], que foram vinte e um dias de abril, estando da dita ilha obra de 660 ou 670 léguas, segundo os pilotos diziam, topamos alguns sinais de terra, os quais eram muita quantidade de ervas compridas, a que os mareantes chamam botelho, assim como outras a que dão o nome de rabo-de-asno. E, quarta-feira seguinte, pela manhã topamos aves a que chamam fura-buxos.

Neste dia, a horas de véspera[4], houvemos vista de terra! Primeiramente dum grande monte, mui alto e redondo; e doutras serras mais baixas ao sul dele; e de terra chã, com grandes arvoredos: ao monte alto o capitão pôs nome — o Monte Pascoal e à terra — a Terra da Vera Cruz.

Mandou lançar o prumo[5]. Acharam vinte e cinco braças; e, ao sol posto, obra de seis léguas da terra, surgimos âncoras, em dezenove braças — ancoragem limpa. Ali permanecemos toda aquela noite. E à quinta-feira, pela manhã, fizemos vela e seguimos direitos à terra, indo os navios pequenos diante, por dezessete, dezesseis, quinze, quatorze, treze, doze, dez e nove braças, até meia légua da terra, onde todos lançamos âncoras em frente à boca de um rio. E chegaríamos a esta ancoragem às dez horas pouco mais ou menos.

Dali avistamos homens que andavam pela praia, obra de sete ou oito, segundo disseram os navios pequenos, por chegarem primeiro.

Então lançamos fora os batéis e esquifes[6]; e vieram logo todos os capitães das naus a esta nau do capitão-mor, onde falaram entre si. E o capitão-mor mandou em terra no batel a Nicolau Coelho[7] para ver aquele rio. E tanto que ele começou de ir para lá, acudiram pela praia homens, quando aos dois, quando aos três, de maneira que, ao chegar o batel à boca do rio, já ali havia dezoito ou vinte homens.

Eram pardos, todos nus, sem coisa alguma que lhes cobrisse suas vergonhas. Nas mãos traziam arcos com suas setas. Vinham todos rijamente sobre o batel; e Nicolau Coelho lhes fez sinal que pousassem os arcos. E eles os pousaram.

---

3 **Oitavas de Páscoa:** período de festa religiosa que ocorre nos oito primeiros dias após o domingo da Páscoa cristã. (N.O.)

4 **a horas de véspera:** à tarde, no período da tarde. (N.O.)

5 **prumo:** aparelho utilizado para medir a profundidade das águas em que se encontra uma embarcação. (N.O.)

6 **batel e esquife:** pequena embarcação amarrada às caravelas e naus, para desembarque e salvamento. (N.O.)

7 **Nicolau Coelho:** navegador português (?-1503), comandou a nau *Bérrio* na primeira viagem de Vasco da Gama às Índias, iniciada em 1497. (N.O.)

Ali não pôde deles haver fala, nem entendimento de proveito, por o mar quebrar na costa. Deu-lhes somente um barrete vermelho e uma carapuça de linho que levava na cabeça e um sombreiro preto. Um deles deu-lhe um sombreiro de penas de ave, compridas, com uma copazinha pequena de penas vermelhas e pardas como de papagaio; e outro deu-lhe um ramal grande de continhas brancas, miúdas, que querem parecer de aljaveira,[8] as quais peças creio que o capitão manda a Vossa Alteza, e com isto se volveu às naus por ser tarde e não poder haver deles mais fala, por causa do mar.

Na noite seguinte ventou tanto sueste com chuvaceiros que fez caçar[9] as naus, e especialmente a capitania[10]. E sexta pela manhã, às oito horas, pouco mais ou menos, por conselho dos pilotos, mandou o Capitão levantar âncoras e fazer vela; e fomos ao longo da costa, com os batéis e esquifes amarrados à popa na direção do norte, para ver se achávamos alguma abrigada e bom pouso, onde nos demorássemos, para tomar água e lenha. Não que nos minguasse, mas por aqui nos acertarmos.

Quando fizemos vela, estariam já na praia assentados perto do rio obra de sessenta ou setenta homens que se haviam juntado ali poucos e poucos. Fomos de longo, e mandou o Capitão aos navios pequenos que seguissem mais chegados à terra e, se achassem pouso seguro para as naus, que amainassem.

II

Além do rio, andavam muitos deles dançando e folgando, uns diante dos outros, sem se tomarem pelas mãos. E faziam-no bem. Passou-se então além do rio Diogo Dias, almoxarife que foi de Sacavém, que é homem gracioso e de prazer; e levou consigo um gaiteiro nosso com sua gaita. E meteu-se com eles a dançar, tomando-os pelas mãos; e eles folgavam e riam, e andavam com ele muito bem ao som da gaita. Depois de dançarem, fez-lhes ali, andando no chão, muitas voltas ligeiras e salto real, de que eles se espantavam e riam e folgavam muito. E conquanto com aquilo

---

8   É interessante observar que, apesar da barreira linguística, portugueses e índios conseguem manter um contato pacífico e um entendimento através da relação de troca de objetos. (N.O.)
9   caçar: neste caso, significa "esticar as velas". (N.O.)
10   capitania: ou *capitânia*, nau em que viaja o capitão de uma esquadra. (N.O.)

muito os segurou e afagou, tomavam logo uma esquiveza como de animais monteses, e foram-se para cima.

E então o Capitão passou o rio com todos nós outros, e fomos pela praia de longo, indo os batéis, assim, rente da terra. Fomos até uma lagoa grande de água doce, que está junto com a praia, porque toda aquela ribeira do mar é apaulada[11] por cima e sai a água por muitos lugares.

E depois de passarmos o rio, foram uns sete ou oito deles andar entre os marinheiros que se recolhiam aos batéis. E levaram dali um tubarão, que Bartolomeu Dias[12] matou, lhes levou e lançou na praia.

Bastará dizer-vos que até aqui, como quer que eles um pouco se amansassem, logo duma mão para a outra se esquivavam, como pardais, do cevadoiro[13]. Homem não lhes ousa falar de rijo para não se esquivarem mais; e tudo se passa como eles querem, para os bem amansar.[14]

O Capitão ao velho, com quem falou, deu uma carapuça vermelha. E com toda a fala que entre ambos se passou e com a carapuça que lhe deu, tanto que se apartou e começou de passar o rio, foi-se logo recatando e não quis mais tornar de lá para aquém.

Os outros dois, que o Capitão teve nas naus, a que deu o que já disse, nunca mais aqui apareceram — do que tiro ser gente bestial[15], de pouco saber e por isso tão esquiva. Porém e com tudo isto andam muito bem curados e muito limpos. E naquilo me parece ainda mais que são como aves ou alimárias monteses, às quais faz o ar melhor pena e melhor cabelo que às mansas, porque os corpos seus são tão limpos, tão gordos e formosos, que não pode mais ser.

Isto me faz presumir que não têm casas nem moradas a que se acolham, e o ar, a que se criam, os faz tais. Nem nós ainda até agora vimos casa alguma ou maneira delas.

---

11 **apaulado:** encharcado, pantanoso. (N.O.)

12 **Bartolomeu Dias:** navegador português (?-1500), célebre por ter sido o primeiro europeu a navegar além do extremo sul do continente africano, em 1488. (N.O.)

13 **cevadoiro:** ou *cevadouro*, lugar onde se põe isca para caça ou pesca. (N.O.)

14 Vale notar que os índios demonstram certa desconfiança em relação aos brancos, do mesmo modo que estes procuram cautelosamente "amansá-los". Supõe-se que os portugueses agiram de maneira tão cordial premeditadamente, para evitar conflitos, pensando em preparar seu futuro estabelecimento no território brasileiro. (N.O.)

15 **bestial:** a palavra não constitui aqui um julgamento propriamente depreciativo. Como se verá nas linhas seguintes, a impressão que os índios causam em Caminha é ótima. Em diversas passagens, o escrivão vai reiterar isso, dizendo que estão plenamente aptos a serem "civilizados" pelos brancos. (N.O.)

III

À segunda-feira[16], depois de comer, saímos todos em terra a tomar água. Ali vieram então muitos, mas não tantos como as outras vezes. Já muito poucos traziam arcos. Estiveram assim um pouco afastados de nós; e depois pouco a pouco misturaram-se conosco. Abraçavam-nos e folgavam. E alguns deles se esquivavam logo. Ali davam alguns arcos por folhas de papel e por alguma carapucinha velha ou por qualquer coisa. Em tal maneira isto se passou que bem vinte ou trinta pessoas das nossas se foram com eles, onde outros muitos estavam com moças e mulheres. E trouxeram de lá muitos arcos e barretes de penas de aves, deles verdes e deles amarelos, dos quais, segundo creio, o Capitão há de mandar amostra a Vossa Alteza.

E, segundo diziam esses que lá foram, folgavam com eles. Neste dia os vimos mais de perto e mais à nossa vontade, por andarmos quase todos misturados. Ali, alguns andavam daquelas tinturas quartejados[17]; outros de metades; outros de tanta feição, como em panos de armar[18], e todos com os beiços furados, e muitos com os ossos neles, e outros sem ossos.

Alguns traziam uns ouriços verdes, de árvores, que, na cor, queriam parecer de castanheiros, embora mais pequenos. E eram cheios duns grãos vermelhos pequenos, que, esmagados entre os dedos, faziam tintura muito vermelha, de que eles andavam tintos. E quanto mais se molhavam, tanto mais vermelhos ficavam.

Todos andam rapados até cima das orelhas; e assim as sobrancelhas e pestanas.

Trazem todos as testas, de fonte a fonte, tintas da tintura preta, que parece uma fita preta, da largura de dois dedos.

E o Capitão mandou àquele degredado Afonso Ribeiro e a outros dois degredados, que fossem lá andar entre eles; e assim a Diogo Dias, por ser homem ledo, com que eles folgavam. Aos degredados mandou que ficassem lá esta noite.

---

16 Dia 27 de abril, cinco dias depois do desembarque. (N.O.)
17 **quartejado:** tendo um quarto do corpo pintado. (N.O.)
18 **pano de armar:** tipo de tapeçaria usada como adorno. (N.O.)

IV

E quando veio ao Evangelho[19], que nos erguemos todos em pé, com as mãos levantadas, eles se levantaram conosco e alçaram as mãos, ficando assim, até ser acabado; e então tornaram-se a assentar como nós. E quando levantaram a Deus, que nos pusemos de joelhos, eles se puseram assim todos, como nós estávamos com as mãos levantadas, e em tal maneira sossegados, que, certifico a Vossa Alteza, nos fez muita devoção.

Estiveram assim conosco até acabada a comunhão, depois da qual comungaram esses religiosos e sacerdotes e o Capitão com alguns de nós outros.

Alguns deles, por o sol ser grande, quando estávamos comungando, levantaram-se, e outros estiveram e ficaram. Um deles, homem de cinquenta ou cinquenta e cinco anos, continuou ali com aqueles que ficaram. Esse, estando nós assim, ajuntava estes, que ali ficaram, e ainda chamava outros. E andando assim entre eles falando, lhes acenou com o dedo para o altar e depois apontou o dedo para o Céu, como se lhes dissesse alguma coisa de bem; e nós assim o tomamos.

Acabada a missa, tirou o padre a vestimenta de cima e ficou em alva; e assim se subiu, junto com o altar, em uma cadeira. Ali nos pregou do Evangelho e dos Apóstolos, cujo é o dia, tratando, ao fim da pregação, deste vosso prosseguimento tão santo e virtuoso, o que nos aumentou a devoção.

Esses, que estiveram sempre à pregação, quedaram-se como nós olhando para ele. E aquele, que digo, chamava alguns que viessem para ali. Alguns vinham e outros iam-se. E, acabada a pregação, como Nicolau Coelho trouxesse muitas cruzes de estanho com crucifixos, que lhe ficaram ainda da outra vinda, houveram por bem que se lançasse uma ao pescoço de cada um. Pelo que o padre Frei Henrique se assentou ao pé da Cruz e ali, a um por um, lançava a sua atada em um fio ao pescoço, fazendo-lha primeiro beijar e alevantar as mãos. Vinham a isso muitos; e lançaram-nas todas, que seriam obra de quarenta ou cinquenta.[20]

Isto acabado — era já bem uma hora depois do meio-dia — viemos a comer às naus, trazendo o Capitão consigo aquele mesmo que fez aos

---

19 Trata-se da leitura do Evangelho, durante a celebração da segunda missa em território brasileiro, em 1º de maio. (N.O.)

20 Essa distribuição de crucifixos é o ponto alto da primeira ação efetiva de catequese sobre os indígenas (na primeira missa, os portugueses se contentaram em deixar os índios observá-los). Para Caminha, o comportamento dos indígenas dá a entender que eles estão compreendendo o significado da religiosidade cristã. Vale ressaltar, porém, que isso é uma interpretação, não uma observação. O entendimento que os índios tiveram da missa é uma incógnita, já que não contamos com a sua versão dos fatos. (N.O.)

outros aquela mostrança para o altar e para o céu e um seu irmão com ele. Fez-lhe muita honra e deu-lhe uma camisa mourisca e ao outro uma camisa destoutras[21].

E, segundo o que a mim e a todos pareceu, esta gente não lhes falece[22] outra coisa para ser toda cristã, senão entender-nos, porque assim tomavam aquilo que nos viam fazer, como nós mesmos, por onde nos pareceu a todos que nenhuma idolatria, nem adoração têm. E bem creio que, se Vossa Alteza aqui mandar quem entre eles mais devagar ande, que todos serão tornados ao desejo de Vossa Alteza. E por isso, se alguém vier, não deixe logo de vir clérigo para os batizar, porque já então terão mais conhecimento de nossa fé, pelos dois degredados, que aqui entre eles ficam, os quais hoje também comungaram ambos.

Entre todos estes que hoje vieram, não veio mais que uma mulher moça, a qual esteve sempre à missa e a quem deram um pano com que se cobrisse. Puseram-lho a redor de si. Porém, ao assentar, não fazia grande memória de o estender bem, para se cobrir. Assim, Senhor, a inocência desta gente é tal, que a de Adão não seria maior, quanto a vergonha.

Ora veja Vossa Alteza se quem em tal inocência vive se converterá ou não, ensinando-lhes o que pertence à sua salvação.

Acabado isto, fomos assim perante eles beijar a Cruz, despedimo-nos e viemos comer.

Creio, Senhor, que com estes dois degredados ficam mais dois grumetes[23], que esta noite se saíram desta nau no esquife, fugidos para terra. Não vieram mais. E cremos que ficarão aqui, porque de manhã, prazendo a Deus, fazemos daqui nossa partida.

Esta terra, Senhor, me parece que da ponta que mais contra o sul vimos até outra ponta que contra o norte vem, de que nós deste porto houvemos vista, será tamanha que haverá nela bem vinte ou vinte e cinco léguas por costa. Tem, ao longo do mar, nalgumas partes, grandes barreiras, delas vermelhas, delas brancas; e a terra por cima toda chã e muito cheia de grandes arvoredos. De ponta a ponta, é tudo praia-palma[24], muito chã e muito formosa.

---

21 **camisa destoutra:** camisa comum, por oposição à mourisca, que é de origem árabe, mais larga, mais comprida e de pano mais fino. (N.O.)
22 **falecer:** neste caso, significa faltar, carecer. (N.O.)
23 **grumete:** graduação mais baixa das praças da armada; marinheiro que está iniciando a carreira na armada. (N.O.)
24 **praia-palma:** praia plana. (N.O.)

Piloto Anônimo
UMA OUTRA VERSÃO DA HISTÓRIA

A narrativa do Piloto Anônimo sobre a viagem de Pedro Álvares Cabral teve mais sorte que a carta de Caminha. Enquanto a do escrivão do Porto demorou mais de três séculos para ser conhecida do público, esse breve texto foi traduzido para o latim e o italiano e publicado em duas coletâneas na Itália, seis anos após ter sido escrito. Até hoje há divergências sobre o autor e o texto da narrativa. O original em português foi perdido, e somente no início do século XIX a obra foi retraduzida e editada pela Academia de Ciências de Lisboa. Quanto ao autor, alguns historiadores ressaltam que a exiguidade de termos náuticos no texto dá a entender que não seria nenhum dos pilotos das seis naus da expedição de Cabral que retornaram a Portugal em 1501. O estilo da narração assemelha-se ao de outras produzidas desde o século XV e deve ter sido obra de um português que tivesse uma educação humanista e conhecesse a literatura da época.

Contrariante ao texto de Caminha, o Piloto Anônimo faz um relato rápido não só da estada da frota no Brasil, como também de toda a viagem. Entretanto, fornece informações importantes que não constam da carta de Caminha, como o encontro de Cabral, perto de Cabo Verde, com uma pequena expedição comandada por Américo Vespúcio, que também se dirigia ao Brasil. Assim, a carta de Caminha já tinha produzido seu primeiro resultado, pois foi enviada em 2 de maio de 1500, e em menos de um ano Portugal já estava iniciando o reconhecimento das novas terras.

A narrativa do Piloto Anônimo nem sempre segue a de Caminha. Aponta como data do descobrimento do Brasil o dia 25 de abril, diz que a primeira missa foi rezada na praia, e não em um ilhéu (como em Caminha), e relata que o abandono dos dois degredados na terra, diferentemente do relatado na primeira carta, ocorreu de forma dramática, com os dois portugueses precisando ser consolados pelos indígenas.

A sequência das dificuldades na ultrapassagem do cabo da Boa Esperança, ao final da viagem, é um relato belíssimo: quatro naus naufragaram, inclusive a comandada por Bartolomeu Dias, ironicamente o primeiro europeu a conseguir dobrá-lo.

Relação da viagem de Pedro Álvares Cabral

De autoria desconhecida, este relato reconstitui a travessia do oceano Atlântico pela frota de Cabral, com informações que complementam e às vezes contradizem o texto de Caminha.

Capítulo I

De como el-rei de Portugal mandou uma armada de doze naus, de que era capitão-mor Pedro Álvares Cabral, dez das quais foram ter a Calicute e as outras duas a Sofala, que fica na mesma derrota[1], a fim de contratar em mercadorias, e de como descobriram uma terra muito povoada de árvores e de gente.

No ano de 1500 mandou o Seréníssimo Rei de Portugal D. Manuel uma armada de doze naus e navios para as partes da Índia, e por seu capitão-mor Pedro Álvares Cabral, fidalgo da sua casa, as quais partiram bem aparelhadas e providas do necessário para ano e meio de viagem. Dez destas naus levavam regimento de ir a Calicute, e as duas restantes a um lugar chamado Sofala para contratar em mercadorias, ficando este porto na mesma derrota de Calicute, para onde as outras dez iam carregadas. Em um domingo, 8 de março daquele ano, estando tudo prestes, saímos a duas milhas de distância de Lisboa, a um lugar chamado Restelo, onde está o Convento de Belém, e aí foi el-rei entregar pessoalmente ao capitão-mor o estandarte real para a dita armada.[2] No dia seguinte levantamos âncoras com vento próspero, e aos 14 do mesmo mês chegamos às Canárias; aos 22 passamos Cabo Verde, e no dia seguinte esgarrou-se

---

1 **derrota:** neste caso significa rota. (N.O.)
2 Segundo o cronista João de Barros (1496-1570), a partida da expedição foi um dia de festa: o povo "cobria aquelas praias e campos de Belém, e muitos, em batéis que rodeavam as naus, levando uns, trazendo outros, assim serviam todos com suas librés e bandeiras de cores diversas, que não parecia mar, mas um campo de flores, com a frol daquela mancebia juvenil que embarcava". (N.O.)

uma nau da armada, por forma tal que não se soube mais dela. Aos 24 de abril, que era uma quarta-feira do oitavário da Páscoa[3], houvemos vista de terra, com o que, tendo todos grandíssimo prazer, nos chegamos a ela para a reconhecer, e achando-a muito povoada de árvores, e de gente que andava na praia, lançamos âncora na embocadura de um pequeno rio.

O nosso capitão-mor mandou deitar fora um batel, para ver que povos eram aqueles, e os que nele foram acharam uma gente parda, bem-disposta, com cabelos compridos; andavam todos nus sem vergonha alguma, e cada um deles trazia o seu arco com frechas[4], como quem estava ali para defender aquele rio; não havia ninguém na armada que entendesse a sua linguagem, de sorte que, vendo isto, os dos batéis tornaram para Pedro Álvares e no entanto se fez noite e se levantou com ela um muito rijo temporal. Na manhã seguinte escorremos com ele a costa para o norte, estando o vento sueste, até ver se achávamos algum porto onde nos pudéssemos abrigar e surgir[5]; finalmente achamos um aonde ancoramos, e vimos daqueles mesmos homens, que andavam pescando nas suas barcas; uns dos nossos batéis foi ter aonde eles estavam, e apanhou dois, que trouxe ao capitão-mor para saber que gente eram; porém, como dissemos, não se entendiam por falas, nem mesmo por acenos, e assim, tendo-os retido uma noite consigo, os pôs em terra no dia seguinte, com uma camisa, um vestido e um barrete vermelho, com o que ficaram muito contentes, e maravilhados das coisas que lhes haviam sido mostradas.

Capítulo II

Como os homens daquela terra principiaram a tratar conosco, das suas casas e de alguns peixes que ali há, muito diversos dos nossos.

Naquele mesmo dia, que era no oitavário da Páscoa, a 26 de abril, determinou o capitão-mor de ouvir missa, e assim mandou armar uma tenda naquela praia, e debaixo dela um altar, e toda a gente da armada

---

3   **oitavário da Páscoa:** ver *Oitavas de Páscoa*, na página 28. (N.O.)
4   **frecha:** forma arcaica de *flecha*. (N.O.)
5   **surgir:** neste caso, significa ancorar. (N.O.)

assistiu tanto à missa como à pregação, juntamente com muitos dos naturais, que bailavam e tangiam nos seus instrumentos; logo que se acabou, voltamos aos navios, e aqueles homens entravam no mar até aos peitos, cantando e fazendo muitas festas e folias. Depois de jantar tornou a terra o capitão-mor, e a gente da armada para espairecer com eles, e achamos neste lugar um rio de água doce. Pela volta da tarde tornamos às naus e no dia seguinte determinou-se fazer aguada[6] e tomar lenhas, pelo que fomos todos a terra e os naturais vieram conosco para ajudar-nos. Alguns dos nossos caminharam até uma povoação onde eles habitavam, coisa de três milhas distante do mar, e trouxeram de lá papagaios e uma raiz chamada inhame, que é o pão de ali que usam, e algum arroz, dando-lhes os da armada cascavéis[7] e folhas de papel em troca do que recebiam. Estivemos neste lugar cinco ou seis dias; os homens, como já dissemos, são baços[8], e andam nus sem vergonha, têm os seus cabelos grandes e a barba pelada; as pálpebras e sobrancelhas são pintadas de branco, negro, azul ou vermelho; trazem o beiço de baixo furado e metem-lhe um osso grande como um prego; outros trazem uma pedra azul ou verde e assobiam pelos ditos buracos; as mulheres andam igualmente nuas, são benfeitas de corpo e trazem os cabelos compridos. As suas casas são de madeira, cobertas de folhas e ramos de árvores, com muitas colunas de pau pelo meio e entre elas e as paredes pregam redes de algodão, nas quais pode estar um homem, e de [baixo] cada uma destas redes fazem um fogo, de modo que numa só casa pode haver quarenta ou cinquenta leitos armados a modo de teares. Nesta terra não vimos ferro nem outro algum metal e cortam as madeiras com uma pedra; tem muitas aves de diversas castas, especialmente papagaios de muitas cores e entre eles alguns do tamanho de galinhas e outros pássaros muito belos, das penas dos quais fazem os chapéus e barretes de que usam. A terra é muito abundante de árvores e de águas, milho, inhame e algodão, e não vimos animal algum quadrúpede; o terreno é grande, porém não pudemos saber se era ilha ou terra firme, ainda que nos inclinamos a esta última opinião pelo seu tamanho; tem muito bom ar; os homens usam de redes e são grandes pescadores; o peixe que tiram é de diversas qualidades e entre eles vimos um que podia ser do tamanho de um tonel, mas mais comprido e todo redondo; a sua cabeça

---

6 **aguada**: abastecimento de água potável. (N.O.)
7 **cascavel**: coisa de pouca importância, ninharia. (N.O.)
8 **baço**: moreno. (N.O.)

era do feitio da de um porco, os olhos pequenos, sem dentes, com as orelhas compridas; pela parte inferior do corpo tinha vários buracos e a sua cauda era do tamanho de um braço; não tinha pés, a pele era da grossura de um dedo, e a sua carne gorda e branca como a de porco.

Capítulo III

>Como o capitão-mor mandou cartas a el-rei de Portugal, dando-lhe parte de ter descoberto aquela nova terra, e como por causa da tempestade se perderam quatro naus; da povoação de Sofala, onde há uma mina de ouro, a qual fica junto a duas ilhas.

Nos dias que aqui estivemos determinou Pedro Álvares fazer saber ao nosso Sereníssimo Rei o descobrimento desta terra, e deixar nela dois homens condenados à morte, que trazíamos na armada para este efeito; e assim despachou um navio que vinha em nossa conserva carregado de mantimentos, além dos doze sobreditos, o qual trouxe a el-rei as cartas em que se continha tudo quanto tínhamos visto e descoberto.[9] Despachado o navio, saiu o capitão em terra, mandou fazer uma cruz de madeira muito grande e a plantou na praia, deixando, como já disse, os dois degredados neste mesmo lugar, os quais começaram a chorar, e foram animados pelos naturais do país, que mostravam ter piedade deles. No outro dia, que era 2 de maio, fizemo-nos à vela para ir demandar o cabo da Boa Esperança, achando-nos então engolfados[10] no mar mais de mil e duzentas léguas, de quatro milhas cada uma, e aos 12 do mesmo mês, seguindo o nosso caminho, nos apareceu um cometa para as partes da Etiópia, com uma cauda muito comprida, o qual vimos oito ou dez noites a fio; enfim, quando se contavam 20 do mesmo mês, navegando a armada toda junta,

---

9   É a nau de Gaspar de Lemos, que retornou a Portugal com a carta de Pero Vaz de Caminha. Mesmo recebendo a notícia no início de junho de 1500, dom Manuel somente informou os reis católicos de Espanha sobre a descoberta de Cabral a 28 de agosto de 1501: segundo o rei de Portugal, Cabral "chegou a uma terra [...] mui conveniente e necessária à navegação da Índia, porque ali corregiu suas naus e tomou água [...], e pelo caminho grande que tinha para andar não se deteve para se informar das cousas da dita terra, somente dali me enviou um navio a notificar-me como a achara, e seguiu seu caminho pela via do cabo da Boa Esperança". (N.O.)

10   **engolfado:** adentrado em mar alto. (N.O.)

com bom vento, as velas em meia árvore[11] e sem traquetes[12], por causa de uma borrasca que tínhamos tido no dia antecedente, veio um tufão de vento tão forte, e tão de súbito, por diante que o não percebemos senão quando as velas ficaram cruzadas nos mastros; neste mesmo instante se perderam quatro naus com toda a sua matalotagem[13], sem se lhe poder dar socorro algum, e as outras sete que escaparam estiveram em perigo de se perderem; e assim fomos aguentando o vento com os mastros e velas rotas e a Deus misericórdia todo aquele dia; o mar embraveceu-se por maneira tal que parecia levantar-nos ao céu, até que o vento se mudou de repente, e posto que a tempestade ainda era tão forte que não nos atrevíamos a largar as velas, ainda assim, navegando sem elas, perdemo-nos uns dos outros, de modo que a capitaina[14] com duas outras naus tomaram um rumo, outra chamada El-Rei com mais duas tomaram outro, e as que restavam ainda outro, e assim passamos esta tempestade vinte dias consecutivos sempre em árvore seca[15], até que aos 16 do mês de junho houvemos vista da terra da Arábia[16], onde surgimos, e chegados à costa pudemos fazer uma boa pescaria. Esta terra é muito populosa, como vimos navegando ao longo da praia com bom vento e tempo aprazível; além disso, é muito frutífera, com muitos rios grandes e muitos animais, de modo que toda era bem povoada. Continuando a nossa viagem, chegamos junto de Sofala, onde há uma mina de ouro e achamos junto a esta povoação duas ilhas; estavam aqui duas naus de mouros que tinham carregado ouro daquela mina e iam para Melinde, os quais, tanto que nos avistaram, começaram a fugir e lançaram-se todos ao mar, tendo primeiro alijado o ouro para que lho não tirássemos. Pedro Álvares, depois de se ter apoderado das duas naus, fez vir ante si o capitão delas, e lhe perguntou de que país era, ao que respondeu que era mouro, primo de el-rei de Melinde, que as naus eram suas, e que vinha de Sofala com aquele ouro, trazendo consigo sua mulher e um filho, os quais se tinham afogado querendo fugir para terra; o capitão-mor, quando soube que o mouro era primo de el-rei de

---

11 **em meia árvore:** com as velas a meio mastro. (N.O.)
12 **traquete:** vela grande do mastro da proa. (N.O.)
13 **matalotagem:** a provisão de mantimentos embarcados, ou o conjunto dos marujos de uma embarcação. (N.O.)
14 **capitaina:** ou *capitânia*. Ver nota 10 da página 29. (N.O.)
15 **em árvore seca:** com todas as velas recolhidas. (N.O.)
16 **terra da Arábia:** região que hoje conhecemos como África oriental. A denominação dada pelo Piloto Anônimo deve-se à presença de navegadores e comerciantes árabes tanto em Melinde como em Sofala, importantes portos da região. (N.O.)

Melinde (o qual era muito nosso amigo), se desgostou sobremaneira e, fazendo-lhe muita honra, lhe mandou entregar as suas duas naus com todo o ouro que se lhe tinha tirado. O capitão mouro perguntou ao nosso se trazia consigo algum encantador, que pudesse tirar a outra porção que tinha deitado ao mar, ao que ele respondeu que éramos cristãos, e que não tínhamos semelhantes usos. Depois tirou o nosso capitão-mor informações das coisas de Sofala, que ainda neste tempo não era descoberta senão por fama, e o mouro lhe deu por novas que em Sofala havia uma mina muito abundante de ouro, cujo senhor era um rei mouro, o qual assistia em uma ilha chamada Quíloa, que estava na derrota que devíamos seguir, e que o parcel[17] de Sofala já nos ficava atrás; com isto o capitão se despediu de nós e continuamos a nossa jornada.[18]

Capítulo XXI

Como, de toda a armada que foi para Calicute, voltaram a Portugal somente seis naus, do país de Besenegue e da ilha de Sofala.

Chegamos ao cabo da Boa Esperança dia de Páscoa de flores e aí achamos bom tempo, com o qual viajamos para diante e abordamos na primeira terra junta com Cabo Verde que se chama Besenegue, aonde achamos três navios que el-rei de Portugal mandara para descobrir a terra nova que nós tínhamos achado, quando íamos para Calicute.[19] Estes nos deram notícias da nau que se tinha esgarrado quando íamos para lá, a qual foi até a embocadura do estreito de Meca e chegou a uma cidade aonde lhe tiraram o batel com toda a gente que tinha, e assim vinha a nau somente com seis homens, a maior parte doente, e somente com a água que podiam ajuntar quando chovia. Partindo daqui, chegamos a esta cidade de

---

17 parcel: recife; leito do mar de pouca profundidade. (N.O.)
18 As conversações com o capitão mouro foram fáceis, ao contrário do ocorrido no Brasil, devido à presença de intérpretes árabes na expedição de Cabral. Deve ser lembrado que os mouros permaneceram na península Ibérica durante sete séculos, tendo sido expulsos do reino de Granada somente em 1492. (N.O.)
19 Esses três navios faziam parte da pequena expedição enviada por dom Manuel ao Brasil, sob comando do navegante florentino Américo Vespúcio (1451?/1454?-1512). Ele percorreu a costa brasileira durante dez meses e chegou a viver entre os indígenas durante 27 dias. (N.O.)

Lisboa no fim de julho; um dia depois chegou a nau que perdemos de vista quando voltávamos, e igualmente Sancho de Tovar[20] com a caravela que foi a Sofala, que ele disse ser uma pequena ilha na embocadura de um rio, e que o ouro que ali vem é de uma montanha aonde está a mina; é povoada de mouros e gentios, que resgatam o dito ouro por outras mercadorias. Quando ali chegou Sancho Tovar, achou muitas naus de mouros e tomou um destes para refém de um cristão da Arábia que mandara a terra, e pelo qual esperou dois ou três dias, passados os quais, vendo que ele não voltava, o deixou ficar, vindo com o mouro para Portugal, de modo que da armada que foi a Calicute vieram seis naus e todas as outras se perderam.[21]

---

20 **Sancho de Tovar:** nobre português que se destacou como navegador no século XVI, um dos capitães da armada de Cabral. (N.O.)
21 Apesar dos naufrágios, a expedição acabou gerando um lucro de 200% sobre o capital investido. Segundo o historiador português João Lúcio de Azevedo (1855-1933), "da pouca especiaria que pôde trazer Vasco da Gama na primeira viagem, vendida a pimenta a 80 cruzados, calcularam-se os lucros em sessenta vezes o cabedal investido na empresa". (N.O.)

Pero Lopes de Sousa
A CONQUISTA E A POSSE

Irmão mais moço de Martim Afonso de Sousa, Pero Lopes de Sousa (c. 1500-1539) acompanhou-o ao Brasil em 1530, numa expedição encarregada de defender a costa, fixar os limites das terras pertencentes a Portugal e fundar os primeiros núcleos de colonização. Comandou a exploração do rio da Prata, assentando os padrões, isto é, os marcos da posse portuguesa. Naufragou no rio Paraná, conseguindo, porém, reunir-se a seu irmão e retornar a São Vicente, onde foi estabelecido o primeiro núcleo colonial português no Brasil. Em 1532, combateu os franceses que haviam se fixado na região, restaurando a soberania lusitana.

Com a divisão do Brasil em capitanias, Pero Lopes recebeu do rei dom João III três porções de terra: de Paranaguá para o sul, até as imediações de Laguna; de São Vicente para o norte, até o rio Juquiriquerê; e 30 léguas da ilha de Itamaracá para o norte. Porém, não permaneceu no Brasil. Retornou a Portugal em 1533, participando de expedições militares no Marrocos e na Índia. Em 1539, em viagem de volta a seu país, naufragou perto da ilha de Madagascar, desaparecendo no oceano.

No *Diário da navegação da armada que foi à terra do Brasil*, Pero Lopes registrou, cronologicamente, os acontecimentos da expedição de Martim Afonso de Sousa. Relatou as aventuras que enfrentaram durante a viagem marítima e a exploração da terra, bem como as lutas contra os franceses. Segundo Jaime Cortesão (1884-1960), esse documento:

> [...] constitui ainda a fonte principal e indispensável para a história da expedição do comando de Martim Afonso. O estilo sóbrio, direto e seco desse livro, sem quaisquer notas subjetivas, que não sejam rápidas referências à beleza das mulheres indígenas e o pasmo cândido perante a natureza das margens do rio da Prata, condizem com o português navegador e soldado de Quinhentos e o homem do Renascimento.

Em função do próprio "estilo sóbrio, direto e seco [...], sem quaisquer notas subjetivas", o valor literário da obra de Pero Lopes é contestado pela crítica. Efetivamente, o estilo pode ser considerado "técnico" e monótono. Mas não se pode descartar ao texto uma força evocativa, que pontua as frases com as emoções dos perigos do mar e do encontro com a terra virgem.

Os trechos que transcrevemos dão conta da expedição de Martim Afonso de 12 de março de 1532 a 28 de setembro do mesmo ano, destacando-se o cotidiano no mar, o desembarque em pontos estratégicos do país na época e o contato com portugueses já estabelecidos no Brasil.

Diário da navegação[1]

> Verdadeira crônica dos primeiros fatos da história do Brasil, escrita no calor da hora, este texto documenta o dia a dia da expedição comandada por Martim Afonso de Sousa, de quem o autor era irmão.

Sábado 12 do mês de março ao meio-dia tomei o sol em doze graus e dois terços; e em se pondo o sol houve vista de terra, que me demorava a oeste: fazia-me dela seis léguas. E de noite, por nos afastar de terra, fizemos o caminho ao sul e a quarta do sudoeste, até o quarto d'alva[2], que tornamos a fazer o caminho do sudoeste.

Domingo 13 dias [do mês] de março pela manhã éramos de terra quatro léguas: e como nos achegamos mais a ela reconhecemos ser a Bahia de Todos os Santos; e ao meio-dia entramos nela. Faz a entrada norte-sul: tem três ilhas: uma ao sudoeste e outra ao norte e outra ao noroeste: do vento sul-sudoeste é desabrigada. Na entrada tem sete, oito braças de fundo, a lugares pedra, a lugares areia; e assim tem o mesmo fundo dentro da baía, onde as naus surgem. Em terra, na ponta do padrão[3], tomei o sol em treze graus e um quarto. Ao mar da ponta do padrão se faz uma restinga de areia, e a lugares pedra: entre ela e a ponta podem entrar naus: no mais baixo da dita restinga há braça e meia. Aqui estivemos tomando água e lenha, e corrigindo as naus, que dos temporais que nos dias passados nos deram, vinham desaparelhadas. Nesta baía achamos um homem português[4], que havia vinte e dois anos que estava nesta terra; e deu razão larga do que nela

---

[1] As referências náuticas e geográficas são demasiado frequentes, como exige um texto técnico. Esclarecê-las todas demandaria um número de notas que truncaria excessivamente a leitura e excederia os propósitos desta antologia. A compreensão do trecho como um todo, porém, não requer o entendimento preciso do vocabulário naval do português quinhentista. (N.O.)

[2] **quarto d'alva**: um dos períodos em que era dividido o serviço de vigília de uma nau, situado entre as 4 e as 8 horas da manhã. (N.O.)

[3] **padrão**: monumento de pedra erguido pelos portugueses nas terras que descobriam. (N.O.)

[4] Era Diogo Álvares, o Caramuru (?, Portugal - Salvador, BA, 1557), que naufragou na costa da Bahia em 1510. Passou a viver entre os índios, que lhe deram a alcunha. Conhecendo o tupi e os costumes indígenas, auxiliou Tomé de Sousa e os jesuítas na fundação dos primeiros estabelecimentos e no contato com os índios. (N.O.)

havia. Os principais homens da terra vieram fazer obediência ao capitão I.[5]; e nos trouxeram muito mantimento, e fizeram grandes festas e bailes; mostrando muito prazer por sermos aqui vindos. O capitão I. lhes deu muitas dádivas. A gente desta terra é toda alva; os homens mui bem-dispostos, e as mulheres mui formosas, que não hão nenhuma inveja às da Rua Nova[6] de Lisboa. Não têm os homens outras armas senão arcos e flechas; a cada duas léguas têm guerra uns com os outros. Estando nesta baía no meio do rio pelejaram cinquenta almadias[7] de uma banda, e cinquenta da outra; que cada amaldia traz sessenta homens, todas apavesadas[8] de paveses[9] pintados como os nossos: e pelejaram desde o meio-dia até o sol posto: as cinquenta almadias, da banda de que estávamos surtos[10] foram vencedores; e trouxeram muitos dos outros cativos, e os matavam com grandes cerimônias, presos por cordas, e depois de mortos os assavam e comiam, não têm nenhum modo de física: como se acham mal não comem, e põem-se ao fumo; e assim pelo conseguinte os que são feridos. Aqui deixou o capitão I. dois homens, para fazerem experiência do que a terra dava, e lhes deixou muitas sementes.

[...]

Quarta-feira 23 do mês fazia-me de terra 10 léguas; e ao meio-dia carregou muito o vento sueste, com mui grão mar; por não podermos ir de ló[11] amainamos as velas e lançamos as naus de mar em través.

Quinta-feira 24 dias do dito mês não podemos sofrer o mar, que era mui feio; e arribamos com assaz fortuna: e corremos este dia todo árvore seca, pelo rumo do noroeste; e ao pôr do sol vimos terra, e conhecemos a boca do rio de Tinharéa da banda do sul: e como foi noite nos deu uma trovoada de leste tão súbita, que ventando o vento sueste, — ventando forçoso, pode mais a trovoada; que se nos achara com vela soçobráramos. Por sermos mui perto de terra surgimos em 21 braças de fundo da areia limpa: era o mar tão grosso, e cada vez nos investia por riba dos castelos[12].

---

5   **capitão I.**: modo como o cronista se refere a Martim Afonso de Sousa. (N.O.)
6   **rua Nova**: principal rua de comércio de Lisboa na época. (N.O.)
7   **almadia**: embarcação comprida e estreita, feita geralmente de um só tronco de árvore escavado. (N.O.)
8   **apavesado**: ou *empavesado*, protegido com paveses. (N.O.)
9   **pavês**: proteção contra disparos inimigos, construída com tábuas e outros materiais, que se colocava na borda das embarcações. É mais usado no plural, *paveses*. (N.O.)
10 **surto**: ancorado. (N.O.)
11 **ir de ló**: navegar com a proa cingindo a linha do vento. (N.O.)
12 **castelo**: construção elevada situada nas extremidades dos antigos navios. (N.O.)

No quarto da modorra[13] saltou uma trovoada por riba da terra d'oeste, que nos susteve até pela manhã de nos darmos à costa.

Sexta-feira pela manhã nos fizemos à vela; era o mar tão grosso que íamos à popa com todas as velas, e não o podíamos romper. Fomos com este vento até meio-dia, que nos deu o vento sueste, com que fomos correndo a costa esta noite. No quarto da modorra fomos surgir na boca da Bahia de Todos os Santos.

Sábado 26 de março pela manhã vimos dentro na baía um navio surto; e por ser longe não divisávamos se era latino, se redondo[14]: e logo vimos sair um batel da baía, que vinha às naus; e como chegou à nau capitaina, a salvou; e vinha nele o capitão da caravela que arribara a Pernambuco, que ia para Sofala; e vinha no batel o feitor da feitoria de Pernambuco, que se chamava Diogo Dias; e o capitão I. mandou fazer as naus a vela para dentro da baía; e mandou chamar a gente da caravela; e mandou soltar o piloto, que o capitão trazia preso; e mandou despejar a caravela dos escravos, e lançá-los em terra; e determinou de levar a caravela consigo, por lhe ser necessária para a viagem.

Domingo 27 do mês de março partimos daquela baía, com o vento leste, contra opinião de todos os pilotos: a qual era que não podíamos dobrar os baixos de abrolho[15]; e que a monção dos ventos suestes começava desde o meado fevereiro até agosto; e que em nenhuma maneira podíamos passar; e que era por demais andar lavrando o mar.

[...]

Sábado 2 de abril tomei o sol em 13 graus e meio, e andamos todo o dia em calma.

Domingo 3 dias do mês de abril ao meio-dia tomei o sol em 15 graus e meio; estávamos de terra 4 léguas; andamos este dia todo em calma.

Segunda-feira ao pôr do sol se fez o vento leste; e com ele fomos no bordo do sul até o quarto da prima[16], que se fez sueste; — que tornamos a virar no bordo do norte.

Terça-feira com vento les-sueste barlaventeamos[17] todo o dia: havia de mim a terra cinco léguas.

---

13 **quarto da modorra:** um dos períodos em que era dividido o serviço de vigília de uma nau, situado entre zero e 4 horas da madrugada. (N.O.)

14 Trata-se de identificar a embarcação avistada: se usa velas triangulares (ou latinas) ou redondas, como as caravelas. (N.O.)

15 **baixo de abrolho:** recife ou rochedo próximo à superfície da água e perigoso para as embarcações. (N.O.)

16 **quarto da prima:** primeiro período do serviço de vigília noturna de uma nau, situado entre 20 horas e meia-noite. (N.O.)

17 **barlaventear:** avançar para o lado de onde o vento sopra. (N.O.)

Quarta-feira pela manhã se fez o vento calma até *Sábado* ao meio-dia, 9 dias do mês de abril, que nos deu uma trovoada do sudoeste; e ficou o vento no sul, com que fazíamos o caminho leste.

Domingo 10 dias de abril se fez o vento sueste, e amainamos as velas, e lançamos as naus de mar em través: e ao meio-dia tomei o sol em 15 graus e 1 terço. Fazia-me de terra 20 léguas.

[...]

Quarta-feira 27 do mês de abril pela manhã houve vista de terra uma légua dela, em fundo de 8 braças. O vento era mui bonança, quanto as naus governavam. A costa se corre nor-nordeste sul-sudeste escasso, a terra é toda ao longo do mar mui chã sem arvoredo: no sertão serras mui altas e formosas[18]; haverá delas ao mar 10 léguas, e a lugares menos. Ao meio-dia se fez o vento da terra brando: fazíamos o caminho para o mar. Indo assim por fundo de 8 braças, de súbito demos em 3, e logo mais avante em 2 e meia: tornamos a fazer o caminho de sudoeste; e logo demos em fundo de quatro braças; e logo surgimos no dito fundo. E o capitão l. mandou lançar o seu esquife fora; e mandou nele o piloto que fosse sondar por o rumo do sul, e do sudoeste, e do sueste. E à noite veio o piloto-mor no esquife, e disse que pelo rumo sueste, que era baixo, que não achara mais de três braças: que indo ao sul achara 8 braças.

Quinta-feira 28 dias do mês de abril ao meio-dia tomei o sol em 22 graus e 1 quarto, e à tarde se fez o vento nordeste, e nos fizemos à vela pelo rumo do sul; e logo demos em fundo de seis braças; e no quarto da prima nos acalmou o vento; e surgi em fundo de quatorze braças, duas léguas e meia de terra.

Sexta-feira pela manhã nos fizemos à vela com o vento nordeste, indo sempre ao longo da costa três léguas dela, profundo de 50 braças de areia limpa. O cabo do parcel, que jaz ao mar, se corre da banda do nordeste ao sueste, e da banda do sudoeste ao oeste, e às partes ao oes-sudoeste. Quando fui fora do parcel descobriram-se serras mui altas ao sudoeste. Ao meio-dia tomei o sol em 22 graus e 3 quartos: ao sol posto fui com o cabo Frio: como foi noite amainamos as velas, e fomos com os traquetes toda a noite. O cabo Frio se corre com o Rio de Janeiro leste oeste: há de caminho 17 léguas.

Sábado 30 dias de abril, no quarto d'alva, éramos com a boca o Rio de Janeiro, e por nos acalmar o vento, surgimos a par de uma ilha, que está na entrada do dito rio, em fundo de 15 braças de areia limpa. Ao meio-dia se

---

18　É a serra do Mar. A expedição está navegando da Bahia, rumo ao sul, em direção ao Rio de Janeiro. (N.O.)

fez o vento do mar, e entramos dentro com as naus. Este rio é mui grande; tem dentro 8 ilhas, e assim muitos abrigos: faz a entrada norte sul toma da quarta do noroeste sueste: tem ao sueste 2 ilhas, e outras 2 ao sul, e 3 ao sudoeste; e entre elas podem navegar carracas[19]: é limpo, de fundo 22 braças no mais baixo, sem restinga nenhuma e o fundo limpo. Na boca de fora tem 2 ilhas da banda de leste, e da banda de oeste tem 4 ilhéus. A boca não é mais que de um tiro de arcabuz; tem no meio uma ilha de pedra rasa com o mar; pegado com ela há fundo de 18 braças de areia limpa. Está em altura de 23 graus e 1 quarto. Como fomos dentro, mandou o capitão I. fazer uma casa forte, com cerca por derredor; e mandou sair a gente em terra, e pôr em ordem a ferraria para fazermos cousas, de que tínhamos necessidade. Daqui mandou o capitão I. 4 homens pela terra dentro: e foram e vieram em 2 meses[20]; e andaram pela terra 115 léguas; e as 65 delas foram por montanhas mui grandes e as 50 foram por um campo mui grande: e foram até darem com um grande rei, senhor de todos aqueles campos, e lhes fez muita honra e veio com eles até os entregar ao capitão I.; e lhe trouxe muito cristal, e deu novas como no Rio de Paraguai havia muito ouro e prata. O capitão lhe fez muita honra, e lhe deu muitas dádivas e o mandou tornar para as suas terras. A gente deste rio é como a da Bahia de Todos os Santos; senão quanto é mais gentil gente. Toda a terra deste rio é de montanhas e serras mui altas. As melhores águas há neste rio que podem ser. Aqui estivemos três meses tomando mantimentos, para 1 ano, para 400 homens que trazíamos; e fizemos dois bargantins[21] de 15 bancos.

Terça-feira 1º dia de agosto de 1531 partimos deste Rio de Janeiro com vento nordeste. Fazíamos o caminho a oeste a quarta o sudoeste.

[...]

Quarta-feira 9 dias de agosto no quarto d'alva fazíamos o caminho ao noroeste e a quarta do norte; e às 9 horas do dia surgimos bem pegados com terra em fundo de 8 braças de areia grossa. Estando surtos mandou o capitão I. um bargantim a terra, e nele uma língua[22] para ver se achavam gente, e para saber onde éramos; porque a cerração era tamanha, que estávamos um tiro de abombarda[23] de terra e não a víamos. De noite veio o bargantim e nos disse como não pudera ver gente.

---

19 **carraca:** navio mercante de grande porte e longo curso. (N.O.)
20 No total, a expedição se demora na baía da Guanabara 91 dias. (N.O.)
21 **bargantim:** ou *bergantim*, embarcação bastante veloz e esguia, movida a vela e a remo. (N.O.)
22 **língua:** intérprete, tradutor. (N.O.)
23 **abombarda:** ou *bombarda*, peça de artilharia que arremessava grandes bolas de ferro ou de pedra (N.O.)

Quinta-feira pela manhã nos fizemos à vela. Com o vento nordeste, fizemos o caminho do sul-sudoeste, por nos afastar da terra: e ao meio-dia fomos com uma ilha: quando a vimos éramos tão perto dela, que quase demos com os grupezes[24] nas pedras. Era a cerração tamanha que fazia pouca diferença da noite ao dia: e surgimos da banda do oeste da ilha, em fundo de 25 braças de areia tesa: e mandei lançar o batel fora para ir à ilha matar rabifurcados e alcatrazes, que eram tantos que cobriam a ilha. E fui à nau capitaina; e levei o capitão I. à ilha; e matamos tantos rabifurcados e alcatrazes, que carregamos o batel deles. Indo nós para as naus, nos deu por riba da ilha um pé de vento tão quente, que não parecia senão fogo; ventando nas bandeiras das naus o vento noroeste, que era contraste deste: disto ficamos todos mui espantados, que daquele vento fomos todos com febre. Como pus o capitão I. na sua nau, tornei à ilha a pôr-lhe fogo. No quarto da modorra nos deu uma trovoada seca do es-sudoeste, com mui grande vento que não havia homem, que lhe tivesse o rosto: a nau capitaina foi de todo perdida, que lhe quebrou o cabre[25]; e ia dar sobre a ilha, se o vento de súbito não saltara ao sul, que se fez à vela no rolo do mar. Como nos deu o vento mandei logo largar outra âncora, que me teve até pela manhã com mui grão mar. A nau capitaina não aparecia, e me fiz à vela; e fiz sinal ao galeão São Vicente e à caravela; e fomos todos surgir, da banda do norte da ilha, em fundo de 18 braças de areia limpa; e determinamos de estar ali até passar o temporal. À tarde se fez o vento sueste, e vimos meia légua ao norte de nós a nau capitaina, que vinha no bordo do sudoeste; e nos fizemos à vela, e a fomos demandar.

Sábado 12 dias do mês de agosto, com o vento nordeste, fazíamos o caminho do es-sudoeste; e ao meio-dia vimos terra, seríamos dela um tiro de abombarda: até se por nos afastar dela viramos no bordo do mar, até ver se alimpava a névoa, para tornarmos a conhecer a terra. Indo assim no bordo do mar mandou o capitão I. arribar, para fazermos nossa viagem para o Rio de Santa Maria: e fazendo o caminho do sudoeste demos com uma ilha. Quis a nossa senhora e a bem-aventurada santa Clara, cujo dia era, que alimpou a névoa, e reconhecemos era a ilha da Cananeia: e fomos surgir entre ela e a terra, em fundo de sete braças. Esta ilha tem em redondo uma légua; faz no meio uma selada[26]: está de terra firme 1 quarto de

---

24 **grupezes**: possivelmente o mesmo que *gurupés*, mastro colocado na extremidade da proa da embarcação. (N.O.)
25 **cabre**: ou *calabre*, cabo grosso que era usado como amarra. (N.O.)
26 **selada**: depressão do terreno entre duas elevações. (N.O.)

légua; é desabrigada do vento sul-sudoeste e o noroeste, que quando venta mete mui grão mar. Desta ilha ao norte duas léguas se faz um rio mui grande na terra firme: na barra de preamar[27] tem três braças, e dentro 8, 9 braças. Por este rio arriba mandou o capitão I. um bargantim; e a Pedre Annes Piloto, que era língua da terra, que fosse haver fala dos índios.

Quinta-feira 17 dias do mês de agosto veio Pedre Annes Piloto no bargantim, e com ele veio Francisco de Chaves, e o bacharel[28], e 5 ou 6 castelhanos. Este bacharel havia 30 anos que estava degredado nesta terra, e o Francisco de Chaves era mui grão língua desta terra. Pela informação que dela deu ao capitão I., mandou a Pero Lobo com 80 homens, que fossem descobrir pela terra dentro; porque o dito Francisco de Chaves se obrigava que em 10 meses tornara ao dito porto com 400 escravos carregados de prata e ouro. Partiram desta ilha, ao 1º dia de setembro de 1531, os 40 besteiros e os 40 espingardeiros. Aqui nesta ilha estivemos 44 dias: neles nunca vimos o sol; de dia e de noite nos choveu sempre com muitas trovoadas e relâmpagos: nestes dias nos não ventaram outros ventos, senão desde o sudoeste até o sul. Deram-nos tão grandes tormentas destes ventos e, tão rijos, como eu em outra nenhuma parte os vi ventar. Aqui perdemos muitas âncoras, e nos quebraram muitos cabres.

Terça-feira 26 do mês de setembro partimos desta ilha com o vento leste, fazendo caminho do sul, até quarta-feira pela manhã, que se fez o vento nordeste; fazíamos o caminho do sul-sudoeste, com muita água e relâmpagos; de noite se fez tanto vento que nos foi necessário tirarmos as monetas[29], e irmos toda a noite com pouca vela.

Quinta-feira 28 do mês de setembro com o dito vento fazíamos o caminho do sul-sudoeste: e de noite ventou tão forte com relâmpagos e tanta água, que até no quarto da modorra íamos dar em terra, e me saí dela com assaz trabalho. Esta noite se apartaram os bargantins de nós.

---

27 **preamar:** nível máximo da maré. (N.O.)
28 **bacharel:** personagem obscuro identificado como Cosme Fernandes Pessoa, ou Duarte Peres. Não se sabe ao certo quando chegou ao Brasil e o que fazia. (N.O.)
29 **moneta:** pequena vela que se põe por baixo das maiores para aproveitar o bom tempo. (N.O.)

Manuel da Nóbrega
EM DEFESA DAS ALMAS INDÍGENAS

Manuel da Nóbrega nasceu em 18 de outubro de 1517, em local desconhecido. Acredita-se que tenha nascido na região do Minho, no norte de Portugal. Estudou na Universidade de Salamanca, Espanha, entre 1534 e 1538. Acabou se transferindo para Coimbra, onde, em 1539, obteve o título de bacharel em direito canônico. Em 1544, entrou para a Companhia de Jesus, recém-fundada por Inácio de Loyola.

Cinco anos depois, foi designado pelo provincial dos jesuítas de Portugal para acompanhar Tomé de Sousa ao Brasil. Desenvolveu um intenso trabalho missionário, do qual resulta, em 1554, a fundação do colégio do planalto de Piratininga, que foi o núcleo de onde se desenvolveu a cidade de São Paulo. Em colaboração com Anchieta, conseguiu pacificar os tamoios, em 1563. Com a fundação da cidade do Rio de Janeiro, no mesmo ano, tornou-se superior do colégio jesuíta aí estabelecido. Morreu em 18 de outubro de 1570 no Rio de Janeiro.

A primeira carta de Nóbrega é do início do mês de abril de 1549. É a primeira enviada pelo jesuíta para Portugal, escrita aproximadamente duas semanas após ter chegado a Salvador. Apesar do pouco tempo de Brasil, é um relato detalhado da vida cotidiana da capital da América portuguesa. A primeira observação, como um bom jesuíta dos primeiros tempos, é sobre a moral dos habitantes da Bahia.

Logo os jesuítas iniciaram o trabalho de evangelização dos índios. Começaram com as crianças, aprendendo-lhes a língua. Aos adultos, pregavam contra a poligamia e a antropofagia. Para facilitar esse trabalho buscaram principalmente a ajuda dos brancos que viviam na Bahia antes da chegada de Tomé de Sousa. O primeiro é o célebre Diogo Álvares, o Caramuru.

A preocupação com a nudez dos indígenas levou Nóbrega a já ensaiar os primeiros passos da especificidade do cristianismo brasileiro: o que diriam "os irmãos de Coimbra, se souberem que por falta de algumas ceroulas deixa uma alma de ser cristã e conhecer a seu Criador e Senhor e dar-lhe glória".

Para Nóbrega o problema não era a nudez dos indígenas: "Somente temo o mau exemplo que o nosso cristianismo lhe dá, porque há homens que há sete e dez anos que se não confessam e parece-me que põem a felicidade em ter muitas mulheres".

O *Diálogo sobre a conversão do gentio* foi escrito entre os anos 1556-1557, quando Nóbrega estava vivendo na aldeia São Paulo, próximo a Salvador. Como provincial dos jesuítas no Brasil, Nóbrega fez diversas solicitações ao governador-geral Duarte da Costa para que proibisse os índios de comer carne humana e os reunisse em aldeias sob o controle da Coroa. Foi nesse momento de profunda irritação com a inércia administrativa do governador, que não atendeu de imediato aos pedidos dos jesuítas — diversamente de Tomé de Sousa e, futuramente, de Mem de Sá —, que Nóbrega escreveu o *Diálogo*.

Estava muito doente nessa época: em carta ao provincial de Portugal, escreveu que "a mim me devem já ter morto, porque no presente fico deitando muito sangue pela boca. O médico de cá ora diz que é veia quebrada ora que pode ser da cabeça. Seja de onde for, eu o que mais sinto é ver-me a febre ir gastando pouco a pouco". Lembra Alfredo Bosi que o *Diálogo* é "um documento notável pelo equilíbrio com que o sensato jesuíta apresentava os aspectos 'negativos' e 'positivos' do índio, do ponto de vista da sua abertura à conversão".

Carta ao padre mestre Simão Rodrigues de Azevedo

> Na primeira carta que escreve do Brasil, o jesuíta relata o trabalho dos padres da Companhia, dando assistência religiosa aos colonizadores e buscando catequizar os índios.

Ao padre mestre Simão Rodrigues de Azevedo[1] (1549)

A graça e amor de Nosso Senhor Jesus Cristo seja sempre em nosso favor e ajuda. Amém.

Somente darei conta a Vossa Reverendíssima de nossa chegada a esta terra, e do que nela fizemos e esperamos fazer no Senhor Nosso, deixando os fervores de nossa próspera viagem aos Irmãos que mais em particular a notaram.

Chegamos a esta Bahia a 29 dias do mês de março de 1549. Andamos na viagem oito semanas[2]. Achamos a terra de paz e quarenta ou cinquenta moradores na povoação que antes era[3]; receberam-nos com grande alegria e achamos uma maneira de igreja, junto da qual logo nos aposentamos os padres e irmãos em umas casas a par dela, que não foi pouca consolação para nós para dizermos missas e confessarmos. E nisso nos ocupamos agora.

Confessa-se toda a gente da armada, digo a que vinha nos outros navios, porque os nossos determinamos de os confessar na nau. O primeiro domingo que dissemos missa foi a quarta dominga da quadragésima[4]. Disse eu missa cedo e todos os padres e irmãos confirmamos os votos

---

1   A carta é dirigida ao padre Simão Rodrigues de Azevedo (1510-1579), provincial dos jesuítas em Portugal. Ele tinha sido designado para vir ao Brasil, mas acabou indicando Nóbrega para substituí-lo. Como a mudança foi de última hora, Nóbrega não conseguiu embarcar na nau de Tomé de Sousa em Portugal, só vindo a fazê-lo posteriormente durante a viagem para o Brasil. (N.O.)

2   Nóbrega partiu de Lisboa em 1º de fevereiro de 1549, na armada comandada por Tomé de Sousa formada por oito navios. (N.O.)

3   Nóbrega faz referência a Vila Velha. Entre os objetivos de Tomé de Sousa estava o de fundar a cidade de Salvador, na Bahia. A área da cidade ficará compreendida onde hoje se localizam o Terreiro de Jesus e a praça Castro Alves. (N.O.)

4   É o dia 31 de março. (N.O.)

que tínhamos feito e outros de novo com muita devoção e conhecimento de Nosso Senhor, segundo pelo exterior é lícito conhecer. Eu prego ao governador e à sua gente na nova cidade que se começa, e o padre Navarro à gente da terra. Espero em Nosso Senhor fazer-se fruto, posto que a gente da terra vive em pecado mortal, e não há nenhum que deixe de ter muitas negras das quais estão cheios de filhos e é grande mal. Nenhum deles se vem confessar; ainda queira Nosso Senhor que o façam depois. O Irmão Vicente Rijo ensina a doutrina aos meninos cada dia e também tem escola[5] de ler e escrever; parece-me bom modo este para trazer os índios desta terra, os quais têm grandes desejos de aprender e, perguntados se querem, mostram grandes desejos.

Desta maneira ir-lhes-ei ensinando as orações e doutrinando-os na Fé até serem hábeis para o batismo. Todos estes que tratam conosco, dizem que querem ser como nós, senão que não têm com que se cubram como nós, e este só inconveniente têm. Se ouvem tanger a missa, já acodem e quanto nos veem fazer, tudo fazem, assentam-se de giolos[6], batem nos peitos, levantam as mãos ao céu e já um dos principais deles aprende a ler e toma lição cada dia com grande cuidado e em dois dias soube o A, B, C todo, e o ensinamos a benzer, tomando tudo com grandes desejos. Diz que quer ser cristão e não comer carne humana, nem ter mais de uma mulher e outras cousas; somente que há de ir à guerra, e os que cativar, vendê-los e servir-se deles, porque estes desta terra sempre têm guerra com outros e assim andam todos em discórdia, comem-se uns a outros, digo os contrários. É gente que nenhum conhecimento tem de Deus. Têm ídolos[7], fazem tudo quanto lhes dizem.

Trabalhamos de saber a língua deles e nisto o padre Navarro nos leva vantagem a todos.[8] Temos determinado ir viver com as aldeias, como estivermos mais assentados e seguros, e aprender com eles a língua e il-os doutrinando pouco a pouco. Trabalhei por tirar em sua língua as orações e algumas práticas de Nosso Senhor e não posso achar língua que l'o saiba dizer, porque são eles tão brutos que nem vocábulos têm. Espero de as tirar o melhor que puder com um homem que nesta terra se criou de

---

5   É a primeira escola do Brasil, e Vicente Rodrigues, e não Rijo, é o nosso primeiro mestre-escola. (N.O.)
6   **giolo:** ou *giolho*, forma arcaica de *joelho*. (N.O.)
7   Os índios não tinham ídolos, como o próprio Nóbrega informará em outras cartas. (N.O.)
8   Escreveu Serafim Leite (1890-1969) que as "línguas, que falam as diversas nações de índios, são uma das preocupações iniciais dos jesuítas, como elemento de contato e transmissão da doutrina cristã. Estuda-se logo uma, a mais geral, a que chamam *brasílica* [tupi], vencem-se as dificuldades, trasladam-se as orações, ensaiam-se vocabulários, e reduzem-se as regras de Gramática". (N.O.)

moço, o qual agora anda mui ocupado no que o governador lhe manda e não está aqui.[9] Este homem com um seu genro é o que mais confirma as pazes com esta gente, por serem eles seus amigos antigos.

Também achamos um principal deles já cristão batizado, o qual me disseram que muitas vezes o pedira, e por isso está mal com todos os seus parentes. Um dia, achando-me eu perto dele, deu uma bofetada grande a um dos seus por lhe dizer mal de nós ou cousa semelhante. Anda muito fervente e grande nosso amigo; demos-lhe um barrete vermelho que nos ficou do mar e umas calças. Traz-nos peixe e outras cousas da terra com grande amor; não tem ainda notícia de nossa Fé, ensinamo-lha; madruga muito cedo a tomar lição e depois vai aos moços a ajudá-los às obras. Este diz que fará cristãos a seus irmãos e mulheres e quantos puder. Espero no Senhor que este há de ser um grande meio e exemplo para todos os outros, os quais lhe vão já tendo grande inveja por verem os mimos e favores que lhe fazemos. Um dia comeu conosco à mesa perante dez ou doze ou mais dos seus, os quais se espantaram do favor que lhe dávamos.

Parece-nos que não podemos deixar de dar a roupa que trouxemos a estes que querem ser cristãos, repartindo-lha até ficarmos todos iguais com eles, ao menos por não escandalizar aos meus irmãos de Coimbra, se souberem que por falta de algumas ceroulas deixa uma alma de ser cristã e conhecer a seu Criador e Senhor e dar-lhe glória; *ego, Pater mi, in tanto positus igne charitatis non cremor* [Eu, meu Pai, não me abraso em tão grande fogo de caridade]. Certo o Senhor quer ser conhecido destas gentes e comunicar com eles os tesouros dos merecimentos da sua Paixão, *sicut aliquem te audivi prophetantem* [eu te ouvi como a alguém profetizando]. E portanto, *mi Pater, compelle multas intrare naves et venire ad hanc quam plantat Dominus vineam suam* [ó, meu Pai, faze com que muitas naves aportem e vem a essa vinha que o Senhor planta]. Cá não são necessárias letras mais que para entre os cristãos nossos, porém virtude e zelo da honra de Nosso Senhor é cá mui necessário.

O padre Leonardo Nunes[10] mando aos Ilhéus e Porto Seguro, a confessar aquela gente que tem nome de cristãos, porque me disseram de lá muitas misérias, e assim a saber o fruto que na terra se pode fazer. Ele escreverá a Vossa Reverendíssima de lá largo. Leva por companheiro a Diogo

---

9   É Diogo Álvares, o Caramuru, português que vivia na Bahia desde 1510. Era casado com uma índia, Catarina Álvares. Ficou amigo de Nóbrega e colaborou intensamente com o trabalho evangelizador dos jesuítas. Morreu em 5 de outubro de 1557. Ver também nota 4 da página 47. (N.O.)

10 O padre Leonardo Nunes (1509-1554) será depois enviado para São Vicente, onde fundará um colégio. Morreria em um naufrágio quando voltava para Portugal a caminho de Roma. (N.O.)

Jacome, para ensinar a doutrina aos meninos, o que ele sabe bem fazer; eu o fiz já ensaiar na nau, é um bom filho. Nós todos três confessaremos esta gente; e depois espero que irá um de nós a uma povoação grande, das maiores e melhores desta terra, que se chama Pernambuco e assim em muitas partes apresentaremos e convidaremos com o Crucificado. Esta me parece agora a maior empresa de todas, segundo vejo a gente dócil. Somente temo o mau exemplo que o nosso cristianismo lhe dá, porque há homens que há sete e dez anos que se não confessam e parece-me que põem a felicidade em ter muitas mulheres. Dos sacerdotes ouço cousas feias. Parece-me que devia Vossa Reverendíssima de lembrar a Sua Alteza um vigário geral, porque sei que mais moverá o temor da Justiça que o amor do Senhor. E não há óleos para ungir, nem para batizar; faça-os Vossa Reverendíssima vir no primeiro navio, e parece-me que os havia de trazer um padre dos nossos.

Também me parece que mestre João aproveitaria cá muito, porque a sua língua é semelhante a esta e mais aproveitar-nos-emos cá da sua teologia.

A terra cá achamo-la boa e sã. Todos estamos de saúde, Deus seja louvado, mais sãos do que partimos.

As mais novas da terra e da nossa cidade os irmãos escreverão largo e eu também pelas naus quando partirem. Crie Vossa Reverendíssima muitos filhos para cá, que todos são necessários. Eu um bem acho nesta terra que não ajudará pouco a permanecerem depois na Fé, que é ser terra grossa, e todos têm bem o que hão mister, e a necessidade lhes não fará prejuízo algum. Estão espantados de ver a majestade com que entramos e estamos, e temem-nos muito, o que também ajuda. Muito há que dizer desta terra; mas deixo-o ao comento dos caríssimos irmãos. O governador é escolhido de Deus para isto, faz tudo com muito tento e siso. Nosso Senhor o conservará para reger este seu povo de Israel. *Tu autem, Pater, ora pro omnibus et presertim pro filiis quos enutristi* [Tu, pois, ó Pai, ora por todos e principalmente pelos filhos que alimentaste]. Lance-nos a todos a bênção de Cristo Jesus Dulcíssimo.

Desta Bahia, 1549.

Diálogo sobre a conversão do gentio

Em forma de diálogo, Nóbrega discute aspectos práticos, morais e religiosos da relação entre os colonizadores e os índios, defendendo a tese de que estes não devem ser escravizados, pois têm alma como os cristãos.

[...]
Gonçalo Alves: À falta de outros, que tenham zelo e saber, todavia me aconselharia com esses, porque alguma hora falou já o Espírito Santo, e aconselhou um profeta, ainda que não muito virtuoso, por bem do povo, que ele amava, e se ele quer fazer bem a estes, como é de crer, que quer, porque não aborrece nada do que fez, ainda que sim, o que nós fazemos, ele aconselhara por maus, o que se deve fazer; mas já folgaria ouvir-vos as razões, que tendes ouvido dos padres, para nos animarmos a trabalhar com eles, e as que têm em contrário das que demos no princípio.

Nogueira: Já que tanto apertais comigo, e me pareceis desejoso de saber a verdade deste negócio, creio que vos tenho esgotado, dir-vos-ei o que muitas vezes, martelando naquele ferro duro, estou cuidando, e o que ouvi a meus padres, por muitas vezes, parece, que nos podia Cristo, que nos está ouvindo dizer: ó estultos e tardios de coração para crer, estou eu imaginando todas as almas dos homens uma, nos serem umas e todas de um metal feitas à imagem e semelhança de Deus, e todas capazes de glória e criadas para ela, e tanto vale diante de Deus por natureza a alma do Papa, como a alma do vosso escravo Papana.[1]

Gonçalo Alves: Estes têm alma como nós.[2]

---

1 Para Nóbrega, todos são iguais e, portanto, cabe evangelizar tanto os brancos como os índios e os negros. (N.O.)

2 Ter ou não ter alma faz parte do debate teológico do século XVI após a descoberta da América, especialmente na Espanha. As denúncias do frei Bartolomeu de Las Casas sobre os massacres dos indígenas nas Antilhas e na América continental acabaram levando o imperador espanhol Carlos V a convocar um debate sobre "as justas causas das guerras contra os índios". Em 1550, foram convocados a comparecer perante o imperador e apresentar seus argumentos o frei Las Casas e o jurista e teólogo Juan Gimenez de Sepúlveda, preceptor do príncipe Filipe, futuro rei de Espanha, defensor da inferioridade dos indígenas: "A guerra contra os indígenas justifica-se como castigo do crime que eles cometeram contra a lei natural como a idolatria e a imolação a seus deuses de vidas humanas. [...] Os índios se encontram em tal estado de barbárie que se impõe dominá-los pela força a fim de liberá-los deste estado". O Conselho das Índias acabou por apoiar a posição de Las Casas, favorável à evangelização dos nativos e contrária à escravização dos indígenas. (N.O.)

Nogueira: Isso está claro, pois a alma tem três potências, entendimento, memória e vontade, que todos têm: eu cuidei que vós éreis mestre, já em Israel, e vós não sabeis isso; bem parece, que as teologias, que me dizeis arriba era, e eram postiças do padre Braz Lourenço, e não vossas; quero-vos dar um desengano, meu irmão: que tão ruim entendimento tendes vós para entender o que vos queria dizer, como este gentio, para entender as cousas de nossa Fé.

Gonçalo Alves: Tendes muita razão, e não é muito, porque ando na água aos peixes bois, e trato no mato com brasil[3], e não é muito ser frio, e vós andais sempre no fogo, razão é, que vos aquenteis, mas não deixeis de prosseguir adiante, pois uma das obras da misericórdia é ensinar aos ignorantes.

Nogueira: Pois estai atento: depois que nosso pai Adão pecou, como diz o salmista, não conhecendo a honra, que tinha, foi tornado semelhante à besta, de maneira que todos, assim portugueses, como castelhanos, como *Tamoios*, como *Aimorés*, ficamos semelhantes a bestas, por natureza corrupta, e nisto todos somos iguais, nem dispensou a natureza, mais com uma geração, que com outra, posto que, em particular, dá melhor entendimento a um, que a outro, façamos logo do ferro todo um frio e sem virtude, sem se poder solver a nada, porém, metido na forja, o fogo o torna, que mais parece fogo que ferro; assim todas as almas sem graça e caridade de Deus são ferros frios sem proveito, mas, quanto mais se aquenta, tanto mais fazeis dele o que quereis, e bem se vê em um, que está em pecado mortal, fora da graça de Deus, que para nada presta, das cousas, que tocam a Deus, não pode rezar, não pode estar na igreja, a toda cousa espiritual tem fastio, não tem vontade para fazer cousa boa nenhuma; e se por medo, ou por obediência, ou por vergonha a faz, é tão tristemente e tão preguiçosamente, que não vale nada; porque está escrito que ao dador, com alegria recebe Deus.

Gonçalo Alves: Isso bem entendo eu, porque o vi em mim antes que fosse casado, que andava em pecados, e ainda agora praza a Deus, que não tenha muito disso.

Nogueira: Pois que, direi eu, que envelheci neles e, como homem, que foi ferido, falo.

Gonçalo Alves: Pois assim é, que todos temos uma alma e uma bestialidade naturalmente, e sem graça todos somos uns, de que veio estes negros

---

3 **brasil:** expressão usada na época para designar o pau-brasil. Pode também se referir ao índio brasileiro. (N.O.)

não serem tão bestiais, e todas as outras gerações como os romanos, e os gregos, e os judeus, serem tão discretos e avisados.

Nogueira: Esta é boa pergunta, mas claro está a resposta, todas as gerações tiveram também suas bestialidades;[4] adoravam pedras e paus, dos homens faziam deuses, tinham crédito em feitiçarias do diabo; outros adoravam os bois e vacas, e outros adoravam por Deus aos ratos, e outras imundícies; e os judeus, que eram a gente de mais razão, que no mundo havia, e que tinha contas com Deus, e tinham as escrituras desde o começo do mundo, adoravam uma bezerra de metal e não os podia Deus ter, que não adorassem os ídolos, e lhes sacrificavam seus próprios filhos, não olhando as tantas maravilhas, que Deus fizera por eles, tirando-os do cativeiro do Faraó; não vos parece tão bestiais os mouros, a quem Mafamede[5], depois de serem cristãos, converteu à sua bestial seita, como estes, se quereis cotejar cousa com cousa, cegueira com cegueira, bestialidade com bestialidade, todas achareis de um jaez, que procedem de uma mesma cegueira; os mouros creem em Mafamede, muito vicioso e torpe, e põem-lhe a bem-aventurança nos deleites da carne, e nos vícios; e estes dão crédito a um feiticeiro, que lhes põe a bem-aventurança na vingança de seus inimigos, e na valentia, e em terem muitas mulheres; os romanos, os gregos, e todos os outros gentios, pintam, e têm inda por Deus a um ídolo, a uma vaca, a um galo; estes têm que há Deus, e dizem, que é o trovão, porque é cousa que eles acham mais temerosa e nisto têm mais razão, que os que adoram as rãs, ou os galos; de maneira que, se me cotejardes horror com horror, cegueira com cegueira, tudo achareis mentira, que procede do pai da mentira, mentiroso desde o começo do mundo.

Gonçalo Alves: Bem, estou com isso; mas como são os outros todos os mais polidos, sabem ler e escrever, tratam-se limpamente, souberam a filosofia, inventaram as ciências, que agora há, e estes nunca souberam mais que andarem nus e fazerem uma flecha, o que está claro, que denota haver entendimento em uns e em outros.

Nogueira: Não é essa razão de homem que anda fazendo brasil no mato, mas estai atento e entendereis: terem os romanos e outros gentios mais

---

4 O argumento de Nogueira é muito semelhante ao de Las Casas quando do debate com Sepúlveda. Discute a imolação de prisioneiros feitos pelos indígenas americanos e a contrapõe à prática dos antigos espanhóis que agiam de forma idêntica com os prisioneiros capturados em guerra. Lembra o historiador Samuel Salinas que, para "Las Casas, os indígenas americanos se encontravam na mesma fase em que viviam os povos infiéis no momento em que desponta o cristianismo, desta maneira deve se adotar em relação aos indígenas americanos idênticos métodos de evangelização empregados nos alvores da Cristandade". (N.O.)

5 **Mafamede**: outro nome atribuído a Maomé. (N.O.)

polícia, que estes, não lhes veio de terem naturalmente melhor entendimento, mas de terem melhor criação, e criarem-se mais politicamente, e bem creio, que vós o vereis claro pois tratais com eles, e vedes, que nas cousas de seu mestre, e em que eles tratam, têm tão boas sutilezas, e tão boas invenções e tão discretas palavras, como todos, e os padres os experimentam cada dia com seus filhos, os quais acham de tão bom entendimento, que muitos fazem a vantagem aos filhos dos cristãos.

Gonçalo Alves: Pois como tiveram estes pior criação que os outros, e como não lhes deu a natureza a mesma polícia, que deu aos outros; isso podem-vos dizer claramente, falando a verdade, que lhes veio por maldição de seus avós, porque estes cremos serem descendentes de Cam, filho de Noé, que descobriu as vergonhas de seu pai bêbado, e em maldição, e por isso ficaram nus, e têm outras mais misérias, os outros gentios, por serem descendentes de Set e Jafet, era razão, pois eram filhos de bênção, terem mais alguma vantagem; e porém toda esta maneira de gente, uma e outra, naquilo em que se criam, têm uma mesma lama e um entendimento, e prova-se pela escritura, porque logo os primeiros dois irmãos do mundo, um seguiu uns costumes e outro outros: Isac e Ismael, ambos foram irmãos; mas Isac foi mais político, que o Ismael que andou nos matos; um homem tem dois filhos de igual entendimento, um criado na aldeia, e outro na cidade; o da aldeia empregou seu entendimento em fazer um arado, e outras cousas da aldeia, o da cidade em ser cortesão e político; certo está, que, ainda que tenham diversa criação, ambos têm um entendimento natural exercitado segundo sua criação; e o que dizeis das ciências, que acharam os filósofos, que denota haver entendimento grande, isso não foi geral benefício de todos os humanos, dado pela natureza, mas foi especial graça dada por Deus, não a todos os romanos, nem a todos os gentios, senão a um ou a dois, ou a poucos, para proveito e formosura de todo o universo, mas que estes, por não ter essa polícia, fiquem de menos entendimento para receber a Fé, que os outros que a têm, me não provareis vós nem todas as razões acima ditas; antes provo quanto esta polícia aproveita por uma parte, tanto dana por outra e quanto a simplicidade destes estorva por uma parte, ajuda por outra; veja Deus isso, e julgue-o, julgue-o tão bem quem ouvir a experiência desde que começou a igreja, e ver que mais se perdeu por sobejos e soberbo entendimento, que não por simplicidade, e pouco saber: mais fácil é de converter um ignorante, que um malicioso e soberbo; a principal guerra, que teve a igreja foram sobejos entenderes; daqui vieram os hereges, e os que mais duros e contumazes ficaram; daqui manou a pertinácia dos judeus, que nem com serem convencidos com suas escrituras, nunca se quiseram render à Fé, daqui veio a dizer São Paulo: nós pregamos a Jesus Cristo crucificado aos judeus escândalo, e às gentes, justiça. Dizei-me, meu irmão, qual será mais fácil de fazer, fazer crer a um destes, tão fáceis a crer, que nosso Deus morreu, ou a um judeu, que esperava o Messias poderoso, o Senhor de todo o mundo? Com mais dificuldade a um judeu; mas desde que ele caísse na conta, ficaria mais constante, como ficaram muitos, que logo davam a vida por isso.

Nogueira: O mesmo vos digo, que desde que estes caírem na conta, o mesmo farão: dai-me vós, que lhe entre a Fé no coração, que o mesmo será de um que de outro, e o tempo e o trabalho, e a diligência, que é necessário para convencer um judeu ou um filósofo, se outro tanto gastardes com doutrinar de novo um destes, mais fácil será sua conversão de coração, dando Deus igual graça a um que a outro, e está clara a razão; porque, como as cousas de nossa Fé das mais essenciais, como são da Santíssima Trindade, e que Deus se faz homem, e os mistérios dos Sacramentos, não se podem provar em razão demonstrativa, antes muitas são sobre toda razão humana, claro está, que mais difícil será de crer a um filósofo, que todo se funda em sutilezas de razão, que não a um que outras cousas muito mais só menos crê.

Gonçalo Alves: É verdade, porque estes se lhes deitais a morte, cuidam, que os podeis matar e morrerem da imaginação pelo muito e sobejo que creem, e creem que o pânico há de ir à roça, e outras cousas semelhantes, que seus feiticeiros lhes metem na cabeça, mas ainda nem isso não falta, porque muito há, que estou na terra, e tenho falado de Deus muito, por mandado dos padres, e nunca vi a nenhum ter tanta Fé, que me parecesse que morreria por ela, se fosse necessário.

Nogueira: Se me vós désseis licença, eu vô-lo diria.

Gonçalo Alves: Dizei, meu irmão, que eu vos perdoo.

Nogueira: Parece-me que por mais fáceis, que fossem a se converterem, não se converteriam de maneira, que lhes dizeis, nem lho dizem os padres, e por isso estai-me atento, sabereis como o ofício de converter almas é o maior de quantos há na terra, e por isso requer mais alto estado de perfeição, que nenhum outro.

André Thevet

A VISÃO SINGULAR DE UM CATÓLICO FRANCÊS

Nada se sabe sobre a infância e a mocidade de André Thevet (Angoulême, 1502 - Paris, 1590), exceto que teria ingressado ainda jovem na ordem dos franciscanos. Tornando-se frade, empreendeu uma longa viagem cujo roteiro incluiu Itália, Grécia, Constantinopla (atual Istambul, na Turquia), ilha de Chipre, Ásia menor, Egito e ilha de Malta. A partir de suas observações de viajante, produziu a obra *Cosmographie du levant*, sobre os países percorridos. Publicou-a na sua volta à França em 1554.

No ano seguinte, Thevet embarcou com Villegaignon para o Brasil, na tentativa de estabelecer aqui uma colônia francesa, batizada de França Antártica. Permaneceu aqui de novembro de 1555 a janeiro de 1556. Data de 1557 a primeira edição de *As singularidades da França Antártica*, em que relata sua aventura, bem como descreve a terra que conheceu. Além das informações sobre a terra, o autor levou para a França o tabaco, sendo considerado o introdutor dessa planta em seu país.

Sua vida depois dessa data também permanece pouco conhecida. O frade teria sido capelão de Maria de Médicis (que se tornou rainha da França em 1600) e historiador oficial do rei Henrique IV. Abandonou o hábito franciscano, retornando à vida secular, para dedicar-se aos estudos históricos e geográficos. Em 1571, publicou a *Cosmographie universelle*, que se tornou sua obra mais conhecida.

Os estudiosos supõem que Thevet tenha origem familiar pobre e tenha estudado tardiamente, obtendo uma formação deficiente. O fato se reflete em suas obras, em que se encontram frequentemente erros e concepções errôneas. Além disso, são comuns as citações de autores clássicos, como tentativa de demonstrar uma erudição que, efetivamente, não possuía. Por outro lado, Thevet escreve bem: seu estilo é marcado pela simplicidade e pela objetividade, que se impõem mesmo nas passagens de maior pedantismo.

As singularidades da França Antártica apresenta linearmente a viagem do autor, desde a partida do porto do Havre, na França (1555), até o retorno ao mesmo país no ano seguinte. De seus 83 capítulos, a grande maioria refere-se ao Brasil, com observações geográficas, botânicas e antropológicas. Entretanto, narra-se pormenorizadamente o roteiro de viagem até aqui, bem como a jornada de volta, passando pelo Canadá. Sobre o livro, vale a pena transcrever algumas observações do professor Estêvão Pinto, que o editou em português, em 1944:

> Expurgada de seus Aristóteles e de seus Plínios, posto de lado o moralista ingênuo e simplório [...], a obra de Thevet é útil e interessante. [...] os estudos sobre a antropofagia dos tupinambás estariam incompletos sem a obra de Thevet. E, do mesmo modo [acrescentarei], o estudo dos pajés, o das operações bélicas, o das práticas mortuárias, o das doenças e o de certos aspectos da civilização material dos indígenas do Brasil.

As singularidades da França Antártica*

Capítulo XXVII

Da América em geral

Depois de termos tratado particularmente dos lugares onde nos demoramos mais após abordarmos terra firme, sobretudo daquele onde hoje mora o Senhor de Villegagnon[1] e outros franceses junto ao rio notável que chamamos Janeiro, bem como de tudo o que circunda a região e dela faz parte, em terras descobertas e encontradas nos tempos em que lá estivemos, falta escrever o que conhecemos durante o tempo em que ali ficamos. Não há dúvida de que essas terras nunca foram conhecidas pelos antigos cosmógrafos, que dividiram a terra habitada em três partes — Europa, Ásia e África —, de que puderam ter conhecimento. Mas não duvido de que, se tivessem conhecido esta terra de que falamos, a teriam enumerado como quarta, dada sua grande extensão. Pois é ela muito maior que qualquer uma das outras. Esta terra com justiça é chamada de América, do nome daquele que a descobriu, Américo Vespúcio[2], homem inigualável na arte da navegação e em outros empreendimentos. Verdade é que depois dele vários outros descobriram a maior parte das terras que se estendem até Temistitã[3] e vão até a

---

* Tradução de Yvonne C. Benedetti.
1 **Villegagnon:** outro registro do sobrenome de Nicolas Durand de Villegaignon (1510-1571?/1572?), colonizador francês fundador da França Antártica no Brasil. (N.O.)
2 Eis um exemplo dos frequentes erros de Thevet. Vespúcio esteve efetivamente na América, que recebeu o nome em sua homenagem. O descobridor, porém, foi Cristóvão Colombo. (N.O.)
3 **Temistitã:** corruptela de Tenochtitlan, nome com que os astecas denominavam a capital do seu império, conquistada pelo espanhol Hernán Cortez em 1521. (N.O.)

Terra dos Gigantes[4] e o estreito de Magalhães. Não vejo razão para que ela seja chamada de Índia, pois aquelas terras do Levante, que são chamadas Índias, ganharam tal nome em virtude do notável rio Indo, que está bem distante de nossa América. Portanto, bastará chamá-la de América ou de França Antártica.

Estão essas terras situadas realmente entre os trópicos, indo além do Trópico de Capricórnio, confinando do lado ocidental com Temistitã e as Molucas; ao sul, com o estreito de Magalhães, e dos dois lados com o Mar Oceano[5] e o Pacífico. É verdade que perto de Darien[6] e Furna[7] a terra é muito estreita, pois o mar a adentra muito dos dois lados.

Agora cumpre falar da parte que mais conhecemos e frequentamos, situada perto do trópico brumal e ainda além. Além dos cristãos, que depois de Américo Vespúcio a habitam, esta terra foi e é ainda hoje habitada por gente prodigiosamente estranha e selvagem, sem fé, sem lei, sem religião, sem civilidade nenhuma, que vive como os animais irracionais, do modo como a natureza a fez, comendo raízes, andando sempre nua (tanto homens quanto mulheres), e isso talvez até que, convivendo com os cristãos, aos poucos se despoje dessa brutalidade, passando a vestir-se de modo mais civilizado e humano. No que devemos efetivamente louvar o Criador, que nos esclareceu, não permitindo que fôssemos assim brutais, como estes pobres americanos.

Quanto ao território de toda a América, é muito fértil em árvores que dão frutos excelentes, mas sem lavoura nem cultivo. E não duvideis de que, sendo a terra cultivada, produziria muito bem, considerando sua situação, as montanhas belíssimas, as vastas planícies, os rios piscosos, as fertilíssimas ilhas e terras firmes. Hoje os espanhóis e os portugueses habitam grande parte dessas terras, as Antilhas no Oceano, as Molucas no mar Pacífico, a terra firme até Darien, Paria[8] e Palmaria[9] e as outras mais ao sul, como a terra do Brasil. Aí está o que tínhamos para dizer sobre essas terras em geral.

---

4 **Terra dos Gigantes:** a Patagônia, no sul da Argentina, habitada pelos índios pés-grandes, que os textos quinhentistas afirmavam ter uma estatura elevada. (N.O.)
5 **Mar Oceano:** oceano Atlântico. (N.O.)
6 **Darien:** golfo do mar das Antilhas. (N.O.)
7 **Furna:** atualmente Honduras. (N.O.)
8 **Paria:** nome do litoral venezuelano fronteiro à ilha de Trinidad. (N.O.)
9 **Palmaria:** costa do Suriname, à altura da atual Paramaribo. (N.O.)

Capítulo XXVIII

Da religião dos americanos

Dissemos que essa pobre gente vive sem religião e sem lei, o que é verdadeiro. Na realidade, não há criatura dotada de razão que seja tão cega a ponto de, olhando para a ordem do céu, da terra, do sol e da lua, ou para o mar e as coisas que se criam todos os dias, deixar de considerar que tudo isso foi feito pela mão de algum grande artífice que não o homem. Por isso, não há nação tão bárbara que, por instinto natural, não tenha alguma religião ou cogitação de algum deus. Todos, portanto, convêm que há algum poder e algum soberano, mas qual é esse poder só alguns sabem, e esses são aqueles com os quais Nosso Senhor, por sua graça, desejou comunicar-se.

Foi a ignorância disso que ensejou a variedade de religiões. Uns reconheceram o Sol como soberano; outros, a Lua ou ainda diversas coisas, como nos contam nossas histórias.

Voltando ao assunto, os nossos selvagens fazem menção a um grande Senhor, que na língua deles se chama Tupã e que, morando no céu, faz chover e trovejar. Mas não têm eles maneira nem hora de orar a esse deus ou de cultuá-lo, assim como tampouco há lugar próprio para isso. Se lhes falamos de Deus, como fiz algumas vezes, ouvem com atenção e admiração; perguntam se acaso estaríamos falando do profeta que lhes ensinou a plantar uma raiz a que dão o nome de *jetica*[10]. Pois ouviram de seus pais que, antes de conhecerem essa raiz, viviam da relva, como os animais, e das raízes selvagens. Mas, como dizem, apareceu em suas terras um grande *caraíba*, ou seja, profeta, que, dirigindo-se a uma jovem, deu-lhe certa raiz, chamada *jetica*, semelhante ao nabo limusino, e ensinou-lhe a cortá-la em pedaços e a plantá-la; o que ela fez. A partir de então isso foi passado de pai para filho com tanto sucesso que hoje, por terem eles grande abundância dessa raiz, quase não comem outra coisa, e ela é tão comum entre eles quanto o pão é para nós.

Dessa raiz encontram-se duas espécies do mesmo tamanho. A primeira, depois de cozida, fica amarela como o marmelo; a outra, fica esbranquiçada. E essas duas espécies têm folha semelhante ao maná e nunca dão sementes. Por isso, os selvagens plantam de novo a mesma raiz cortada

---
10 *jetica*: batata-doce. (N.O.)

em rodelas, como aqui na Europa se faz com o rábano, que usamos em saladas e que, assim plantado, se multiplica em abundância. E por ser ela desconhecida de nossos médicos e arboricultores, pareceu-me de bom alvitre representá-la ao natural.

Assim que esta terra foi descoberta, o que ocorreu, como já dissemos, no ano de 1497[11] por iniciativa do rei de Castela, esses selvagens, espantados ao verem as feições e os modos dos cristãos (que nunca antes haviam visto), tomaram-nos por profetas e os homenagearam como se fossem deuses. E essa canalha assim fez até que, percebendo estarem eles sujeitos a doenças, morte e paixões semelhantes às suas, começou a desprezá-los e a tratá-los pior que de costume, como ocorreu com todos os que depois chegaram, espanhóis e portugueses. De modo que, se esses selvagens ficarem irritados, não custarão a matar um cristão e a comê-lo, como fazem com seus inimigos. Mas isso ocorre em alguns lugares, especialmente entre os canibais, que não vivem de outra coisa, como fazemos aqui com bois e carneiros.[12] Por isso, deixaram de chamar os cristãos de caraíbas, ou seja, profetas ou semideuses, passando a chamá-los, como que por desprezo e opróbrio, de maíres, que era o nome de um de seus antigos profetas, por eles detestado e desprezado. Quanto a Tupã, consideram-no alto e dado a ir para todos os lugares, contando segredos aos seus profetas.

Isso no que se refere à religião de nossos bárbaros, que conheci e ouvi pessoalmente, por meio de um intérprete francês que lá estivera por dez anos e entendia muito bem a língua que falavam.

Capítulo XXXIII

De uma árvore chamada pacoveira[13]

E como estamos falando de árvores, descreverei mais uma, não para ampliar este relato, mas sim movido pela grande virtude e incrível singula-

---

[11] Aqui há um erro de Thevet: a América foi descoberta em 1492. (N.O.)
[12] Outro erro ou exagero do autor: a antropofagia não era uma opção alimentar, mas um ritual místico-religioso. (N.O.)
[13] **pacoveira**: do tupi *pa'koua* originou-se o português *pacôua* > *pacoba* > *pacova*, que é a banana. (N.O.)

ridade das coisas, pois nada de semelhante se encontra na Europa, na Ásia ou na África. Trata-se de uma árvore que os selvagens chamam de *pacuer*, porventura a mais admirável que se possa encontrar. Em primeiro lugar, do chão à rama, não tem ela mais de uma braça de altura, aproximadamente, e seu tronco tem uma grossura tal que um homem pode cingi-lo com as duas mãos. Isso, entenda-se, depois de crescida. E seu caule é tão macio que pode ser cortado facilmente com uma faca. Quanto às folhas, de largura têm dois pés, e de comprimento têm uma braça, um pé e quatro dedos; posso garantir que isso é verdadeiro.

Vi algumas quase dessa mesma espécie no Egito e em Damasco, quando voltava de Jerusalém. Todavia, suas folhas não têm metade do tamanho das que se encontram na América. Também há grande diferença nos frutos, pois o da árvore de que tratamos agora tem bem um pé de comprimento, ou seja, é mais longo que o daquela, e tem a grossura de um pepino, com o qual se parece um tanto na forma.

Esse fruto, que na língua deles se chama *pacouá*, é muito bom quando maduro e dá boa cocção. Os selvagens o colhem antes que amadureça de todo e o levam para casa, como também fazemos com os frutos daqui. Crescem tais frutos amontoados, trinta ou quarenta bem juntos uns dos outros, em pequenos galhos que ficam perto do tronco [...]. O mais admirável é que essa árvore nunca produz fruto mais de uma vez.

A maioria desses selvagens, mesmo dos que vivem em terras do interior, alimenta-se boa parte do tempo desse fruto e de um outro que cresce nos campos, chamado *ariri*. Observando a forma e o tamanho deste último, qualquer um acreditaria ser ele produzido por árvore; no entanto, ele cresce em certo arbusto que dá folha semelhante à da palmeira tanto em comprimento quanto em largura. Esse fruto tem um palmo de comprimento e assemelha-se a uma pinha, sendo porém mais longo. Cresce no meio das folhas, na ponta de uma haste redonda; dentro dele se encontram como que pequenas avelãs, cujo caroço é branco e de bom sabor. No entanto, o *ariri* faz mal ao cérebro se ingerido em grande quantidade (como acontece com todas as coisas), e dizem que sua força é semelhante à do coentro quando não preparado. Por isso, se fosse preparado talvez perdesse esse efeito pernicioso. No entanto, os americanos o comem, principalmente as crianças. Os campos estão cheios desses frutos, até duas léguas do cabo *de Frie*, margeando os grandes brejos pelos quais passamos depois que, ao retornarmos, pusemos os pés em terra firme.

Direi de passagem que, além dos frutos que vimos perto desses brejos, encontramos também um crocodilo do tamanho de um bezerro, que viera dos charcos próximos e lá fora morto. Pois lá se come carne de crocodilo, bem como de lagarto, de que já falamos. Na língua deles, dão-lhe o nome de *jacaré-açu*; são maiores que os do Nilo. O povo da terra diz que há um pântano de cinco léguas de contorno, dos lados de Pernomeri, distante dez graus do equador, em direção à terra dos canibais, onde há certos crocodilos do tamanho de um boi, que da goela soltam fumaça mortal, de tal modo que, se nos aproximarmos deles, poderemos morrer. Foi o que aquela gente ouviu de seus ancestrais.

No mesmo lugar onde cresce aquele fruto de que falamos, encontra-se grande quantidade de lebres semelhantes às nossas, a não ser pelo fato de serem menores e de terem cor diferente. Lá também se encontra um animalzinho chamado aguti[14], do tamanho de uma grande lebre, pelo como o do javali, duro e ouriçado, cabeça de ratão, orelhas e boca de lebre, cauda com uma polegada de comprimento, dorso glabro a partir da cabeça até o fim da cauda, patas fendidas como as do porco. Vivem de frutos. Os selvagens as alimentam por prazer e também por ser muito boa a sua carne.

Capítulo XXXIV

Da maneira como eles fazem incisões pelo corpo

Como se não lhes bastasse viver nus, pintar o corpo com diversas cores e arrancar-se os pelos, os selvagens também se tornam ainda mais disformes porque, quando ainda jovens, furam os lábios com certa planta muito aguçada. O orifício vai então crescendo com o corpo, pois dentro dele metem umas conchas alongadas, que têm crosta dura como contas de rosário; essas conchas são introduzidas no lábio inferior quando já não contêm o animal. Isso é feito do mesmo modo como se põe uma rolha ou espicho em barril de vinho, com a extremidade mais grossa para dentro e a mais fina para fora.

Quando os selvagens já estão crescidos e a ponto de casar-se, passam a usar nesses orifícios umas pedras graúdas de cor semelhante à da esmeralda, e as estimam tanto que difícil seria darem alguma, a não ser em tro-

---

14 aguti: cutia. (N.O.)

ca de algum presente valioso, pois que são raras naquelas terras. Vizinhos e amigos próximos trazem-nas de uma montanha muito alta, que fica em terras dos canibais, polindo-as com outra pedra para tanto destinada, e o fazem com tanta naturalidade que um ótimo ourives não obraria melhor. E nessa mesma montanha poderiam encontrar-se esmeraldas, pois entre essas pedras vi uma que seria considerada esmeralda verdadeira.

Portanto, assim se desfiguram e deformam os americanos, fazendo no rosto grandes orifícios onde põem pedras graúdas, com o que sentem tanto prazer quanto um senhor daqui em usar joias ricas e preciosas. Por isso, o selvagem que as tiver em maior número será mais prezado e tido por rei ou grande senhor. E não fazem isso apenas nos lábios e na boca, mas também nas duas bochechas. As pedras usadas pelos homens têm às vezes a largura de um ducado[15] duplo, ou mais, e a espessura de um dedão, o que lhes dificulta a fala, de tal modo que a custo podemos entendê-los, como se falassem com a boca cheia de farinha. A pedra, com sua cavidade, confere ao lábio inferior a grossura de um punho, e por aí se pode calcular o diâmetro do orifício entre a boca e o queixo. Retirada a pedra, quando falam, a saliva lhes escorre por esse conduto, coisa medonha de se ver. E quando querem fazer zombaria, enfiam a língua no orifício.

As mulheres e as meninas não são assim disformes. Na verdade, usam dependuradas nas orelhas umas coisas que os homens fazem com grandes mariscos e conchas do mar, que têm o comprimento e a espessura de uma vela. Além disso, os homens usam sobre o peito, presos ao pescoço, longos crescentes da largura de um pé. O que também costuma ser usado por crianças de dois a três anos. Os homens também usam uns colares brancos feitos de outra espécie menor de conchas colhidas no mar, a que atribuem grande valor e estima. Os rosários que se vendem hoje em dia na França, brancos como de marfim, vêm de lá e são feitos por eles mesmos. Os marujos os compram em troca de alguma coisa de baixo preço e os trazem para cá. Quando começarem a ser usados na França, haverá quem queira fazer acreditar que se trata de coral branco. Alguns já afirmaram que são feitos de porcelana. Cada um batiza como quer. Seja como for, quando estava lá vi alguns feitos de ossos de peixes, com forma de embrace[16] de soldado. Eles dão grande valor aos pequenos rosários de vidro que lhes levamos daqui.

Para cúmulo da deformidade, os homens e as mulheres passam a maior parte do tempo tingidos de negro, o que obtêm com o uso de certas

---

15 **ducado:** moeda de ouro ou prata utilizada em diversos países. (N.O.)
16 **embrace:** distintivo usado no braço. (N.O.)

cores e tinturas feitas com frutos de árvores, como já dissemos e poderemos ainda voltar a dizer. Tingem-se e ataviam-se assim uns aos outros: as mulheres aos homens, fazendo-lhes mil enfeites, como figuras, ondas e outras coisas semelhantes, com formas tão miúdas que menor seria impossível fazer. Em nenhum lugar lemos que isso tenha sido usado por outras nações. Ficamos sabendo que os citas[17], quando iam visitar amigos doentes, pintavam-se o rosto de preto. As mulheres da Turquia pintam-se as unhas com alguma cor vermelha ou azulada, acreditando assim que ficam mais belas, mas não pintam o resto do corpo. E não se deve esquecer que as mulheres da América não tingem apenas de negro o rosto e o corpo dos filhos, mas também de várias outras cores, em especial de uma que puxa para a cor do boleto venenoso[18] e é feita com uma terra gorda como argila, cuja cor dura por quatro horas. E dessa mesma cor as mulheres tingem-se as pernas de tal maneira que, vendo-as de longe, temos a impressão de que estão vestindo belos calções de fina estamenha[19] negra.

---

17 **citas:** antigos habitantes da Cítia, que abrangia regiões próximas ao mar Negro e ao mar Cáspio. (N.O.)

18 **boleto venenoso:** no original, *Boli armeni*, que não encontramos em nenhuma documentação, mas que deduzimos ser uma forma diretamente derivada do grego *bolites*, do qual se originou o latim *boletus*. O boleto venenoso é um cogumelo que, em contato com o ar, adquire coloração azul muito forte. (N.T.)

19 **estamenha:** tecido de lã leve. (N.O.)

Jean de Léry
UM PIONEIRO DA ANTROPOLOGIA

O francês Jean de Léry (La Margelle, 1534 - Berna, 1611) pertencia a uma família de burgueses da Borgonha, que aderiram rapidamente ao movimento da Reforma calvinista. Assim, aos 18 anos, seguiu para Genebra, que Calvino havia transformado numa cidade-igreja e centro de difusão das ideias reformistas. Artesão e estudante de teologia em 1555, Léry seguiu viagem para o Brasil no ano seguinte, para se estabelecer na colônia francesa fundada por Villegaignon. Aqui permaneceu por dois anos. Os desentendimentos entre calvinistas e papistas na ilha de Coligny, sede da Colônia, levaram-no ao continente, onde conviveu com os índios, observando atentamente seu modo de vida.

Retornou a Genebra em 1558, onde completou seus estudos de teologia e se tornou ministro protestante. Participou das guerras de religião que dividiram católicos e protestantes da França, desde 1568, deixando uma *Narrativa do cerco de Sancerre* (1574). Voltou então para Genebra, permanecendo em território suíço mesmo após o édito de Nantes, de 1598, que pôs fim às guerras de religião e definiu os direitos dos protestantes na França.

A obra de Léry sobre o Brasil tem como título original *Narrativa de uma viagem feita à terra do Brasil, também dita América, contendo a navegação e coisas notáveis vistas no mar pelo autor: a conduta de Villegaignon naquele país, os estranhos costumes e modos de vida dos selvagens americanos; com um colóquio em sua língua e mais a descrição de muitos animais, plantas e demais coisas singulares desconhecidas aqui*. Foi escrita 18 anos após a estada do autor no Brasil e publicada em 1578, obtendo enorme sucesso junto ao público europeu: rapidamente conheceu novas edições e foi traduzida para o holandês, o alemão e o latim.

A narrativa apresenta os momentos iniciais da França Antártica, detendo-se em seguida nas descrições da terra e do modo de vida dos seus nativos. É justamente a parte relativa aos indígenas que destaca o texto do autor, transformando-o num referencial dos estudos antropológicos brasileiros. Conforme Sérgio Milliet:

> Léry revela em toda a sua obra uma qualidade notável, raríssima em seu tempo de paixões e preconceitos e só encontrável atualmente nos espíritos mais adiantados de nossa civilização ocidental: o senso da relatividade dos costumes, a "simpatia", no sentido sociológico da palavra, que conduz à compreensão dos semelhantes e à análise objetiva de suas atitudes.

Essas observações podem ser verificadas no capítulo que segue.

Viagem à terra do Brasil*

Capítulo XVIII

>Sobre o que se pode chamar de lei e civilidade entre os selvagens; de como eles tratam e recebem humanamente os amigos que os visitam; do choro das mulheres e das palavras festivas que estas lhes dirigem como boas-vindas

Quanto à organização social de nossos selvagens, é coisa quase incrível — e dizê-la envergonhará aqueles que têm leis divinas e humanas — que, apesar de serem conduzidos apenas pelo seu natural, ainda que um tanto degenerado, eles se deem tão bem e vivam em tanta paz uns com os outros. Mas com isso me refiro a cada nação em si ou às nações que sejam aliadas; pois quanto aos inimigos, já vimos em outra ocasião o tratamento terrível que lhes dispensam.[1] Porque, em ocorrendo alguma briga (o que se dá com tão pouca frequência que durante quase um ano em que com eles estive só os vi brigar duas vezes), os outros nem sequer pensam em separar ou pacificar os contendores; ao contrário, se estes tiverem de arrancar-se mutuamente os olhos, ninguém lhes dirá nada, e eles assim farão. Todavia, se alguém for ferido por seu próximo, e se o agressor for preso, ser-lhe-á infligido o mesmo ferimento no mesmo lugar do corpo, por parte dos parentes próximos do agredido, e caso este venha a morrer depois, ou caso morra na hora, os parentes do defunto tiram a vida ao assassino de um modo semelhante. De tal forma que, para dizer numa

---

* Tradução de Yvonne C. Benedetti.
1 O autor tratou do assunto no capítulo XIV, "Da guerra, combate e bravura dos selvagens". (N.O.)

palavra, é vida por vida, olho por olho, dente por dente etc. Mas, como já disse, são coisas que raramente se veem entre eles.

No tocante aos imóveis desse povo, consistem eles em casas e (como já disse em outro lugar) muito boas terras, em quantidade bem maior que o preciso para alimentá-los; quanto às casas, havendo aldeias com quinhentas a seiscentas pessoas, muitas destas habitam uma mesma casa; assim, a cada família é destinado um lugar à parte na casa (sem, todavia, que haja coisas a impedirem de enxergar-se de uma extremidade à outra daquelas construções, que de ordinário têm mais de sessenta passadas de comprimento), e cada homem tem as mulheres e os filhos separados do restante.

A respeito, cabe notar (coisa tão estranha nesse povo) que os brasileiros não costumam permanecer mais de cinco ou seis meses num lugar, carregando depois consigo os grandes pedaços de madeira e grandes folhas de *pindoba* com que são feitas e cobertas suas casas; vão assim mudando amiúde as suas aldeias de lugar, mas estas sempre mantêm seus antigos nomes, de tal maneira que as encontramos às vezes afastadas um quarto de légua ou meia légua dos lugares onde antes havíamos estado. O que levará a concluir, visto serem seus tabernáculos tão fáceis de transportar, que eles não só não têm grandes e imponentes palácios (e alguém escreveu que há índios no Peru que têm casas de madeira tão bem construídas que suas salas têm cento e cinquenta passadas de comprimento e oitenta de largura), mas também que ninguém dessa nação dos tupinambás de que falo começa casa ou construção que não possa ver acabada, que não possa ver fazer e refazer mais de vinte vezes na vida, se todavia chegar à idade adulta. E, se lhes perguntarem por que mudam tantas vezes de lugar, não terão outra resposta senão que, mudando assim de ares, sentem-se melhor, e que, se fizessem coisa diferente da que seus avós fizeram, morreriam cedo.

No referente aos campos e às terras, cada pai de família terá também algumas jeiras[2] à parte, que ele escolhe onde quer, segundo sua comodidade, para fazer roça e plantar suas raízes: mas de resto, em vez de se preocuparem em partilhar heranças e muito menos em pleitear limites, para com eles fazerem separações, deixam que essas coisas sejam feitas pelos rústicos avarentos e chicaneiros daqui da Europa.[3]

---

2 **jeira**: antiga unidade de medida de área agrária. (N.O.)
3 Nesta passagem, Léry faz um elogio do índio para criticar, de uma perspectiva reformista, seus conterrâneos. Como se verá mais adiante neste mesmo capítulo, o autor considera costumes e técnicas indígenas superiores aos europeus. (N.O.)

Quanto aos trastes, já disse em vários momentos deste relato quais são; mas, para não deixar de lado nada daquilo que eu saiba pertencer à economia de nossos selvagens, quero primeiramente aqui expor o método que suas mulheres usam para fiar o algodão, por elas utilizado para fazer cordões e outras coisas, em especial leitos suspensos no ar[4], cujo feitio descreverei também, a seguir. Vejamos, portanto, como elas o usam.

Depois de o retirarem dos tufos onde ele cresce (como já disse acima ao descrever a árvore que o dá), espalham-no um pouco com os dedos (mas sem pentear) e fazem vários montinhos que são postos no chão ou sobre alguma outra coisa (pois elas não usam rocas como as daqui); servindo-lhes de fuso um pau redondo, não mais grosso que um dedo e com cerca de um pé de comprimento, e uma tabuinha da mesma espessura a atravessá-lo, prendem o algodão à extremidade mais longa do pau e o rolam sobre as coxas; a seguir, soltam-no da mão, como quando as fiandeiras fazem suas maçarocas, e esse rolo fica a rodopiar, como um grande pião, pelo meio da casa ou em outros lugares, e é assim que elas fiam não só grossas malhas para fazer redes de dormir como também uns tecidos tão finos e compostos de fios tão bem torcidos que trouxe alguns à França, e, mandando fazer com eles um gibão branco, todos quantos o viam acreditavam tratar-se de fina e perfeita seda.

No tocante às redes de algodão, chamadas *inis* pelos selvagens, são feitas pelas mulheres com teares de madeira que, no entanto, não ficam deitados como os de nossos tecelões nem têm tantos engenhos, mas ficam em pé diante delas, chegando à sua altura. Depois de terem as mulheres urdido a seu modo, começam a tecer de baixo; algumas dessas redes de dormir são tecidas à maneira de redes de pescar; outras, porém, são mais fechadas, como talagarça[5] grossa. E tendo essas redes, no mais das vezes, quatro, cinco ou seis pés de comprimento por uma braça de largura mais ou menos, todas possuem em cada ponta uma argola feita também de algodão, à qual os selvagens prendem cordas com que as amarram a alguns pedaços de madeira postas de atravessado em suas casas, expressamente para esse fim, de onde ficam pendentes no ar. E se vão guerrear ou dormir na mata durante a caçada, ou se dormem à beira do mar ou de rios, nas pescarias, penduram essas redes entre duas árvores.

---

4 Léry não contava com uma palavra específica para denominar as nossas conhecidas redes, referindo-se a elas sempre como "leitos". Portanto, apenas para maior comodidade do leitor, a partir de agora empregaremos a palavra *rede*, embora o autor tenha escrito *leito*. (N.T.)
5 **talagarça:** ou *telagarça*, tecido encorpado e de fios ralos sobre o qual se borda. (N.O.)

E para concluir o que estou dizendo sobre esse assunto, quando essas redes de algodão ficam sujas, seja pelo suor das pessoas, seja pela fumaça de tantos fogos que se acendem continuamente nas casas onde ficam penduradas, ou então por qualquer outra razão, as mulheres americanas colhem nos bosques um fruto selvagem em forma de abóbora achatada, mas muito maior (tanto que só conseguimos segurar um por vez), e, cortando-o em pedaços e mergulhando-o na água contida em alguma grande vasilha de barro, batem-no depois com paus, e com isso se formam grandes bolhas de espuma que lhes servem de sabão, tornando essas redes tão brancas quanto neve ou pano de pisoagem[6].

De resto, pergunto a quem as experimentou se de fato não é melhor nelas dormir, principalmente no verão, do que em nossas camas comuns, e também se eu não tinha razão quando disse, ao tratar de Sancerre[7], que em tempos de guerra é incomparavelmente mais cômodo dependurar daquele modo os nossos lençóis, para o descanso de uma parte dos soldados do corpo de guarda enquanto a outra vigia, do que o costume de emborcar-se sobre enxergões[8], nos quais, sujando os uniformes, não só nos enchemos de bichos como também, quando precisamos levantar-nos para montar guarda, temos as costelas moídas pelas armas, que somos obrigados a carregar sempre no cinto; por isso os adotamos quando fomos sitiados na cidade de Sancerre, onde quase sem intervalo o inimigo não arredou pé de nossas portas durante um ano.

E para fazer um resumo dos outros trastes de nossos americanos, direi que as mulheres (que entre si dividem todos os encargos domésticos) fazem muitos recipientes e grandes vasos de barro para elaborar e guardar a bebida chamada *cauim*; de modo semelhante, fazem panelas para cozer, tanto redondas quanto ovais: frigideiras médias e pequenas, pratos e uma vasilha de barro que, embora não muito lisa por fora, é tão bem polida e como que vidrada por dentro com certo líquido branco endurecido, que os oleiros daqui não poderiam fazer vasos de barro mais formosos.

Essas mesmas mulheres, dissolvendo certas cores pardacentas, próprias para tanto, fazem com pincéis mil ornamentos, como lavores gravados, cordões entrelaçados e outras invencionices, por dentro dessas vasilhas de barro, sobretudo naquelas onde se guardam a farinha e os outros ali-

---

6 **pisoagem:** ato de comprimir e bater o pano com o pisão, espécie de máquina. (N.O.)
7 Trata-se da narrativa referida na nota introdutória. Com efeito, aproveitando-se de seus conhecimentos indigenistas, Léry ensinou os soldados a usar as redes brasileiras em suas guarnições, de modo a poderem descansar sem abandonar as armas. (N.O.)
8 **enxergão:** tipo de almofadão ou colchão grosseiro. (N.O.)

mentos; de tal modo que somos servidos com asseio e, diria eu, até com mais decência do que faz por aqui quem usa vasilhas de madeira. Verdade é que há um defeito nessas pintoras americanas: depois de fazerem com seus pincéis o que bem lhes deu na cabeça, se alguém lhes pedir que repitam, como não têm projeto, retrato ou desenho, senão a fantasia de seus cérebros inventivos, elas não saberão imitar a primeira obra: desse modo, nunca ninguém verá duas iguais.

Além do mais, como disse em outro lugar, nossos selvagens têm cabaças e outros grandes frutos que, partidos ao meio e esvaziados, servem tanto de taças, que chamam de *cui*, quanto de vasilhas para outros fins. Assim também, fazem certos tipos de grandes e pequenos balaios e pequenos cestos muito bem tecidos, uns de junco, outros de diversos vegetais, como vime ou palha de milho, que eles chamam de *panacum*; dentro põem farinha e o que bem entendem.

No tocante às suas armas, à indumentária de plumas, ao instrumento que chamam de *maraca* e a outros utensílios seus, como já fiz sua descrição em outro lugar, devido à necessidade de brevidade, não farei nova menção aqui.

E eis que, depois de vermos como são feitas e mobiliadas as casas de nossos selvagens, está na hora de irmos vê-los em sua morada.

Tratando o assunto por alto, direi que nossos tupinambás recebem com grande humanidade os estrangeiros amigos que os vão visitar, ainda que os franceses e outros daqui que não entendam a língua deles se sintam no começo admirados e assombrados.

Na primeira visita que lhes fiz, três semanas depois de chegarmos à ilha de Villegagnon, um intérprete me levou a quatro ou cinco aldeias de terra firme. Quando chegamos à primeira, chamada Jaburaci em língua do país e Pepin pelos franceses (por causa de um navio que ali foi carregado uma vez, cujo mestre assim se chamava), situada a apenas duas léguas de nosso forte, vi-me de repente cercado por selvagens que me perguntavam "*Marapê-dererê, marapê-dererê*", ou seja, "Como é seu nome? Como é seu nome?" (o que, para mim, naquela época soava como grego), enquanto um pegava meu chapéu e o punha na cabeça, outro tomava minha espada e meu cinto, pondo-o sobre o corpo totalmente nu, outro ainda pegava e vestia meu casaco. Em suma, senti-me aturdido com aquela gritaria e correria pela aldeia com meus equipamentos, o que não só me fazia pensar que tinha perdido tudo como também me deixava sem saber onde estava.

Mas — como me mostrou a experiência várias vezes a partir de então — assim me sentia por não conhecer seus modos de agir, pois fazem eles o mesmo com todos quantos os visitam, principalmente com os que nunca viram, e, depois de assim brincarem um pouco com as coisas alheias, trazem-nas de volta e devolvem tudo ao dono.

Naquelas alturas, como o intérprete me avisasse que o maior desejo deles era saber meu nome, mas que não lhes devia dizer Pierre, Guillaume ou Jean, pois não saberiam pronunciar nem lembrar (como, de fato, em vez de dizerem Jean diziam Nian), precisei conformar-me com lhes dizer o nome de alguma coisa que conhecessem. E como viesse bem a calhar (disse-me ele) que meu sobrenome, Léry, significasse um tipo de ostra na língua deles, disse-lhes eu que me chamava Léry-uçu, ou seja, ostra grande. Com o que ficaram muito satisfeitos e, exclamando *Teh!*, começaram a rir e a dizer-me: "É mesmo um nome bonito, e nós ainda não tínhamos visto nenhum *mair* (ou seja, francês) com esse nome". E, de fato, posso dizer com certeza que Circe[9] nunca metamorfoseou homem algum em tão bela ostra nem conversou tão bem com Ulisses quanto eu com aqueles selvagens a partir de então. A propósito, cabe notar que eles têm memória tão boa que, se alguém lhes disser uma só vez o nome, mesmo que passassem — digamos — cem anos sem rever essa pessoa, não o esqueceriam nunca.

Depois falarei das outras cerimônias que realizam quando recebem os amigos que os vão visitar. Por ora, prosseguindo no relato de uma parte das coisas notáveis que me aconteceram em minha primeira viagem entre os tupinambás, direi que o intérprete e eu naquele mesmo dia, indo mais além, fomos pernoitar numa outra aldeia chamada Euramiri (os franceses a chamam Goset, por causa de um intérprete que ali ficara) e lá chegando, ao pôr do sol, encontramos os selvagens a dançar e a beber *cauim* por um prisioneiro que haviam matado não havia seis horas e cujos pedaços vimos sobre o moquém[10]. Nem me perguntem se, já de saída, não fiquei assustado com aquela tragédia, mas, como logo se verá, aquilo não foi nada em comparação com o medo que passei depois.

Pois assim que entramos numa casa daquela aldeia, onde, segundo os usos da terra, cada um se sentou numa rede de algodão, depois que as mulheres choraram (de uma maneira que contarei depois) e o dono da casa fez uma arenga de boas-vindas, o intérprete (para quem aqueles modos de agir dos selvagens não eram novos e que, de resto, gostava de beber e *cauinar* tanto quanto eles), sem me dizer palavra nem me avisar de

---

9 **Circe:** personagem da *Odisseia* que transforma os homens de Ulisses em porcos para retê-lo em sua ilha e impedir que retorne ao seu lar em Ítaca. (N.O.)

10 **moquém:** grelha de paus usada para colocar peixes e carnes para assar ou secar. (N.O.)

nada, dirigindo-se para um grande grupo de dançarinos, deixou-me ali com alguns selvagens. E estava eu tão cansado, querendo apenas repousar, que, depois de comer um pouco de farinha de raízes e de outros alimentos que nos haviam oferecido, estendi-me e fiquei deitado na rede na qual me havia sentado. Mas não dormi, porque, além do barulho que os selvagens fizeram a noite toda em meus ouvidos com aquelas danças e assobios, a comerem o prisioneiro, um deles, trazendo na mão um dos pés deste, cozido e tostado, aproximou-se de mim e perguntou-me (como soube depois, porque então não entendi) se queria um pedaço; comportamento este que provocou em mim tanto pavor que nem cabe perguntar se perdi toda a vontade de dormir. Pois como eu acreditasse que aqueles sinais e aquela exibição da carne humana, que ele devorava, eram uma ameaça, e que ele estivesse dizendo e dando a entender que em breve eu estaria com aquele aspecto, e como uma dúvida puxa outra, logo desconfiei que o intérprete, traindo-me deliberadamente, me havia abandonado, deixando-me nas mãos daqueles bárbaros. E se eu tivesse visto alguma abertura para sair e fugir dali, não teria hesitado. Mas, vendo-me cercado de todos os lados por aquela gente cujas intenções ignorava (pois, como se saberá, eles não pensavam de modo algum em fazer-me mal), acreditava eu firmemente e previa mesmo que seria devorado, o que me fez invocar Deus em meu coração durante toda aquela noite.

Convido todos quantos tenham entendido bem o que eu disse e que se puseram no meu lugar a imaginar como aquela noite me pareceu longa. Ora, quando amanheceu, meu intérprete (que havia farreado a noite inteira em outras casas da aldeia, em meio às maroteiras dos selvagens) foi ter comigo e, vendo-me — como disse ele — não só lívido e com o rosto crispado mas também quase com febre, perguntou-me se não me sentia bem e se não tinha descansado. Ao que eu, ainda morrendo de medo, respondi encolerizado que, justamente, não me haviam deixado dormir, que ele era muito malvado por me deixar daquele modo entre aquela gente que eu não entendia; e, não conseguindo tranquilizar-me, suplicava-lhe que saíssemos de lá correndo.

Enquanto isso, depois de me dizer que não deveria ter medo, pois não era de nós que eles tinham raiva, de contar tudo aos selvagens — que, alegres com minha presença, acreditando lisonjear-me não se haviam arredado de perto de mim a noite inteira —, e de estes dizerem que não haviam percebido de modo algum que eu tivera medo deles (o que muito os entristecia), meu consolo foi (para ver como são brincalhões) a risada geral, em meio à qual diziam eles que, sem querer, me haviam logrado.

Depois de sairmos de lá, o intérprete e eu, fomos ainda a algumas outras aldeias, mas, limitando-me à narrativa acima como amostra daquilo que me aconteceu em minha primeira viagem entre os selvagens, prosseguirei falando de generalidades.

Portanto, para descrever as cerimônias que os tupinambás fazem quando recebem os amigos que os vão visitar, direi que o viajante, assim que chegue a casa do *muçacá*[11] — ou seja, o pai de família que dá de comer a quem por lá passa — por ele escolhido como hospedeiro (o que devemos fazer em toda aldeia visitada, e, para não deixá-lo irritado, quando chegamos não devemos ir antes a nenhum outro lugar), deve sentar-se numa rede e ali ficar um pouco de tempo sem nada dizer. Depois disso, as mulheres aproximam-se, põem-se ao redor da rede e, acocoradas com as nádegas no chão, cobrem os olhos com as duas mãos e choram dando boas-vindas à pessoa em questão, dizendo mil coisas em seu louvor. Como por exemplo: "Você teve tanto trabalho para vir até aqui; você é bom, é valente". E se for um francês ou outro estrangeiro daqui, acrescentarão: "Você trouxe tantas coisas bonitas que ainda não tínhamos nesta terra". Em suma, como já disse, derramando uma profusão de lágrimas, elas dirão muitas frases assim, de elogio e lisonja.

Se o recém-chegado, sentado na rede, quiser agradá-las e fazer bonito mas não quiser chorar (como vi alguns dos nossos que, ouvindo as demonstrações das mulheres quase choraram como bezerros desmamados), pelo menos precisam fingir que choram e responder-lhes soltando alguns suspiros.

Terminada essa primeira saudação feita em sinal de amizade pelas mulheres americanas, o *muçacá*, ou seja, o dono da casa, que, por sua vez, terá ficado absorto a fazer alguma flecha ou outra coisa e passado bem uns quinze minutos sem dar demonstração de enxergar o visitante (acolhida bem diferente dos nossos abraços, efusões, beijos e apertos de mão quando recebemos amigos), aproximando-se, dirá primeiramente as seguintes palavras: "Eréiubê?", ou seja, "você veio?"; depois, "como vai?", "o que deseja?" etc. A isso é preciso responder conforme se mostrará depois, num colóquio transcrito na língua deles.

Feito isto, ele perguntará se o visitante quer comer; se a resposta for "sim", logo mandará preparar e trazer, em bela vasilha de barro, não só farinha (que comem em vez de pão), como também veação[12], aves,

---

11 muçacá: ou *muçucá*, amigo. (N.O.)
12 veação: caça; iguaria preparada com a carne de caça. (N.O.)

peixes e outros alimentos que tenham. No entanto, como eles não têm mesas, cadeiras nem bancos, tudo será servido no chão bruto, a nossos pés. Quanto às bebidas, se o visitante quiser *cauim*, e se houver, também será servido. Além disso, as mulheres, depois de chorarem junto ao visitante, lhe trarão frutos ou outros presentinhos de coisas da terra com o fito de ganhar pentes, espelhos ou rosários de vidro, que põem em torno dos braços.

Além do mais, se o visitante quiser pernoitar na aldeia aonde chegou, o dono da casa não só mandará arrumar uma bela rede branca, como também (por menos que faça frio naquela terra) mandará fazer à sua moda três ou quatro fogueirinhas em torno da rede, por causa da umidade da noite; essas fogueiras serão reavivadas diversas vezes durante a noite com o uso de certas ventarolas que eles chamam de *tatapecuá* e que são parecidas com as que as mulheres daqui seguram diante de si, quando estão perto do fogo, para que seu calor não lhes estrague a pele do rosto.

Mas visto que, tratando do modo como se organizam os selvagens, acabei por falar do fogo, que eles chamam *tatá*, e da fumaça, *tatatim*, quero também descrever a invenção graciosa e por aqui desconhecida, que eles têm para fazer fogo quando querem (coisa não menos admirável do que a pedra de Escócia, que, segundo testemunho de quem escreveu as singularidades de dito país, tem a propriedade de, sem nenhum outro artifício, atear fogo quando posta em estopa ou palha).

Portanto, gostam eles muito de fogo, e não se demoram em lugar algum sem que acendam uma fogueira, principalmente à noite, quando temem ser surpreendidos por um *ainhã* (espírito maligno que, como já disse em outro lugar, lhes inflige surras e tormentos), ou quando na mata em caçadas, à beira de rios em pescarias, ou alhures nos campos. Mas, em vez de fazerem como nós, que usamos pedra e fuzil[13], cujo uso ignoram, e como, em compensação, têm eles em suas terras duas espécies de madeira, das quais uma é quase tão macia quanto madeira podre e outra, ao contrário, é tão dura quanto a que nossos cozinheiros usam para fazer lardeadeiras[14], quando querem acender fogo, agem da maneira que descreverei a seguir.

Em primeiro lugar, depois de afiar e tornar pontiagudo o pedaço de madeira dura, deixando-o com cerca de um pé de comprimento, en-

---

13 **fuzil:** peça de metal com que se atritava uma espécie de pedra para produzir fogo. (N.O.)
14 **lardeadeira:** utensílio em forma de haste com o interior vazado, usado para enfiar pedaços de toucinho numa peça de carne. (N.O.)

fiam essa ponta no meio de um pedaço da outra madeira, que, como eu disse, é bem macia. Deitam então esta última no chão, ou a põem sobre um tronco ou lenha grossa e, fazendo esse pau girar subitamente entre as duas palmas das mãos, como se quisessem furar e varar o pedaço de baixo, provocam com essa agitação súbita e firme das duas madeiras, que parecem pregadas uma na outra, não só fumaça como também tanto calor que, havendo ao lado algodão ou folhas secas de árvores (assim como é preciso ter por aqui panos ou outra escorva[15] junto ao fuzil), ateia-se o fogo tão bem que garanto a quem quiser acreditar que eu mesmo o ateei desse jeito. Mas com isso não me refiro a coisas em que não acredito nem quero levar ninguém a acreditar, mas que alguns puseram em seus escritos, ou seja, que os selvagens da América (os mesmos de que agora falo), antes da invenção desse modo de fazer fogo, secavam carne na fumaça. Pois assim como tenho por verdadeiro o princípio de física que se transformou em provérbio, segundo o qual não há fogo sem fumaça, também reciprocamente não considero bom naturalista quem nos queira levar a crer que haja fumaça sem fogo. E fumaça que — como quer dar a entender aquele de quem falo — cozinhe alimentos. De tal modo que, se para esclarecer, ele quisesse dizer que ouviu falar de vapores e exalações, por mais que concordemos haver alguns, sim, e bem quentes, não se poderia chegar a acreditar que eles secariam os alimentos, mas que, ao contrário, umedeceriam ou molhariam ainda mais a carne ou o peixe; assim, só posso responder que isso é querer zombar dos outros. Portanto, como esse autor, em sua *Cosmografia* e alhures, se queixa tanto e tantas vezes daqueles que, por não falarem como seria de seu agrado sobre as matérias de que ele trata, não estariam, segundo diz, lendo bem os seus escritos, peço aos leitores que atentem para o trecho de que falei, sobre uma nova fumaça quente e bizarra, que mais caberia na cabeça de vento de seu autor[16].

Voltando, pois, a falar do tratamento que os selvagens dispensam a quem os vai visitar, direi que o hóspede, depois de ter bebido, comido, descansado ou dormido em casa destes como contei, se for honesto, dará aos homens facas, tesouras ou pinças para que se arranquem a barba; às mulheres, pentes e espelhos; aos meninos, anzóis. De resto, quem tiver

---

15   **escorva**: utensílio com cerdas usado para limpar ou lustrar. (N.O.)
16   Trata-se de André Thevet, que faz essa afirmação no capítulo LIII de *As singularidades da França Antártica* – "De como os americanos fazem fogo. De sua crença no dilúvio. Das ferramentas que usam". Mais do que divergências religiosas, esta passagem revela a inimizade entre os autores. (N.O.)

necessidade de víveres ou de outras coisas que eles possuam, depois de perguntar o que querem em troca, pode dar-lhes o que tiver sido combinado, pegar o que precisar e ir embora.

Ademais, visto que em suas terras não há cavalos, asnos ou outros animais de tiro ou de carga, como disse eu em outro lugar, e que a maneira comum de andar é a pé, e mais nada, se os viajantes estrangeiros se sentirem cansados, encontrarão, em troca de uma faca ou outra coisa, selvagens que, estando sempre prontos a agradar os amigos, se oferecerão para carregá-los. E de fato, enquanto estive por lá, encontrei alguns que, pondo a cabeça entre nossas coxas de tal modo que nossas pernas ficavam pendentes sobre sua barriga, carregaram-nos assim nos ombros por mais de uma légua sem descansar: de tal modo que, se para aliviá-los quiséssemos fazê-los parar, escarneciam de nós, dizendo em sua língua: "Estão pensando que somos mulheres, ou que somos tão frouxos e fracos que não aguentamos peso?". E um que me carregava nas costas disse-me certa vez: "Eu te carregaria o dia inteiro sem parar". E assim, nós, rindo às gargalhadas sobre aquelas montarias de dois pés, vendo-os tão decididos, aplaudindo-os e procurando animá-los ainda mais, dizíamos: "eia, vamos então em frente".

Quanto à caridade natural deles, direi que diariamente distribuem entre si e dão de presente veação, peixes, frutos e outros bens existentes naquelas terras, e o fazem de tal modo que um selvagem daria não só a um parente ou vizinho seu (pois morreria de vergonha se visse um deles passar necessidade de algo que ele possuísse) como também usaria da mesma liberalidade para com os estrangeiros seus aliados, como pude verificar pessoalmente. Como exemplo disso falarei daquela vez (mencionada no capítulo dez) em que dois franceses e eu, perdidos na mata, achamos que seríamos devorados por um lagarto feio e assustador, havendo mais de dois dias e uma noite que andávamos sem rumo e passando muita fome, até que fomos finalmente dar numa aldeia chamada *Panô*, onde estivéramos outras vezes. Não poderíamos ter sido mais bem recebidos do que fomos por aqueles selvagens. Pois estes, depois de nos ouvirem contar os males por que passáramos e os perigos a que nos expuséramos, como o de sermos não só devorados por animais ferozes mas também pelos *maracajás*, inimigos nossos e deles, de cujas terras, sem sabermos, nos havíamos aproximado muito, e depois de saberem que havíamos passado por desertos onde fomos muito arranhados por espinhos, vendo-nos naquele estado, tomaram-se de tão grande piedade que as recepções hipócritas daqueles que por aqui consolam os aflitos dizendo coisas da boca para fora nada são diante da humanidade daquela gente, que apesar disso chamamos de bárbaros.

Então, pondo-se em ação, com água muito limpa, buscada expressamente para aquilo, começaram a lavar-nos pés e pernas (de uma maneira que me fez lembrar os antigos), enquanto permanecíamos sentados, cada um numa rede. Os velhos, assim que chegáramos, haviam ordenado que nos trouxessem comida, instando as mulheres a que fizessem depressa farinha macia, que (como eu disse alhures) desejava tanto comer quanto se fosse miolo quente de pão branco. Vendo-nos mais refeitos, mandaram incontinente servir, à sua moda, ótimas carnes, como veação, aves, peixes e frutos deliciosos, que nunca lhes faltam.

Além disso, chegada a noite, para que descansássemos melhor, nosso anfitrião mandou tirar todas as crianças de perto de nós, e pela manhã, quando acordamos, nos disse: "E então, *atonô-açá* (quer dizer "perfeitos aliados"), dormiram bem esta noite?". E como respondêssemos que sim, muitíssimo bem, ele disse: "Durmam mais um pouco, meus filhos, pois ontem à noite vi muito bem que vocês estavam cansados demais".

Em suma, é difícil descrever a lauta refeição que nos foi oferecida então por aqueles selvagens, que, numa palavra, fizeram conosco o que, em *Atos dos Apóstolos*, São Lucas diz que os bárbaros da ilha de Malta fizeram a São Paulo e aos que o acompanhavam, depois que escaparam do naufrágio de que ali se fala. Ora, como não andávamos por aquelas terras sem levar conosco um saco de couro cheio de mercadorias, que nos servia de moeda para o comércio com aquele povo, ao partirmos de lá lhes demos o que bem quisemos (como já disse ser costume), a saber, facas, tesouras e pinças para os homens; pentes, espelhos e braceletes de bolotas de vidro para as mulheres; anzóis para os meninos.

A propósito, para melhor explicar como eles fazem caso dessas coisas, contarei que, estando eu um dia numa aldeia, como meu *muçacá* (ou seja, aquele que me recebeu em casa) me pedisse que lhe mostrasse tudo o que eu tinha em meu *caramemô* (isto é, saco de couro), depois de ordenar que me trouxessem um grande e belo vaso de barro, no qual arrumei todas as minhas coisas, diante das quais ele muito se maravilhou, chamando de repente todos os outros selvagens, disse-lhes: "Peço-lhes, amigos, que considerem a pessoa que tenho em minha casa, pois, visto ter ele tantas riquezas, não caberá dizer que é mesmo um grande senhor?".

E no entanto, como disse eu rindo a um companheiro meu que estava lá comigo, tudo o que aquele selvagem tanto estimava, na forma de cinco ou seis facas com cabos de diversos modelos, outros tantos pentes, dois ou três espelhos e outras bugigangas, não teriam valido dois tostões em Paris. E, conforme disse alhures, visto que eles gostam sobretudo de quem é liberal, querendo eu exaltar-me ainda mais do que ele fizera, dei-lhe gratuitamente, diante de todos, a minha maior e mais bela faca, que ele prezou tanto quanto em França prezaria um cordão de ouro de cem escudos quem o ganhasse.

E, ainda sobre a convivência que tive com os selvagens da América dos quais falo agora, se alguém me perguntasse se nos sentíamos seguros entre eles, responderia que, assim como eles odeiam mortalmente os inimigos, os quais, como vimos antes, quando caem em suas mãos são abatidos e devorados sem contemplação, amam, ao contrário, com tal força seus amigos e aliados (e nós éramos aliados daquela nação dos tupinambás) que para defendê-los e evitar que sofressem algum agravo se deixariam picar em mil pedacinhos, como se costuma dizer. De tal modo que, tendo eu vivido com eles, confiaria mais neles e de fato estava mais seguro em meio àquele povo que chamamos selvagem do que me sinto hoje em alguns lugares de nossa França, com franceses desleais e degenerados: falo daqueles que assim são, pois quanto à gente de bem, de que graças a Deus o reino ainda não está desprovido, muito me entristeceria denegrir sua honra.

Todavia, para relatar os prós e os contras daquilo que conheci quando estive entre os americanos, contarei ainda um fato, em que se verá qual foi o maior perigo a que me expus entre eles. Certo dia, encontrando-nos inopinadamente seis franceses na bela aldeia de Ocorantin, a que já fiz várias menções acima, distante dez ou doze léguas de nosso forte, e decidindo ali pernoitar, fizemos uma partida de tiro ao arco, três contra três, apostando galinhas e outras coisas para o nosso jantar. Como eu estivesse entre os perdedores, saí pela aldeia à procura de aves para comprar, indo comigo um dos rapazes franceses de que falei no começo, que leváramos no navio de Rosée para aprender a língua da terra, e que ficava naquela aldeia. Disse-me ele então: "Ali vai uma bela pata. Mate-a, e depois acerte as contas pagando ao dono". E, visto não representar aquilo nenhuma dificuldade (pois já havíamos várias vezes matado galinhas em outras aldeias, o que não aborrecera os selvagens, que se contentavam com algumas facas), levando a ave morta na mão dirigi-me a uma casa, onde quase todos os selvagens do lugar estavam reunidos a tomar *cauim*.

Ali, perguntando de quem era a pata, para pagá-la, apresentou-se um velho que com cara de poucos amigos disse: "É minha". E eu perguntei: "O que quer em troca?". "Uma faca" — disse ele. E eu imediatamente lhe ofereci uma. Ele, assim que a viu, disse: "Quero outra mais bonita". E quando eu, sem replicar, lhe apresentei outra, ele disse que tampouco queria aquela. "O que quer você então?" — perguntei. "Uma foice" — disse ele.

Naquelas terras era preço excessivo pagar uma foice por uma pata, e além do mais eu não tinha nenhuma foice. Disse-lhe então que se contentasse, se quisesse, com a segunda faca que lhe oferecera, e que não teria outra coisa. Mas nisso o intérprete, que conhecia melhor que eu o modo de agir deles (ainda que, nesse caso, ele se tenha enganado tanto quanto eu), disse-me que ele estava muito zangado, e que seria bom arranjar uma foice de qualquer jeito. Motivo pelo qual tomei emprestada uma foice do rapaz de quem falei, mas, quando quis dá-la ao selvagem, ele recusou de novo, e muito mais do que fizera antes com as facas.

De tal modo que, agastando-me com aquilo, perguntei-lhe pela terceira vez: "O que você quer então de mim?". Ao que ele respondeu furioso que queria matar-me como eu havia matado a pata, "pois ela — disse-me ele — era de um irmão meu que morreu, e eu gostava dela mais do que tudo o que tenho". E assim falando, o balordo[17] foi correndo buscar uma espada e voltou com uma que mais era uma clava de madeira de cinco a seis pés de comprimento, enquanto repetia sem parar que queria matar-me. Então fui eu que fiquei transido, mas, visto que naquela nação não se deve bancar (como se diz) galinha-morta nem medroso, eu não podia dar a impressão de que tinha medo.

Nisso o intérprete, que estava sentado numa rede entre mim e o briguento, advertindo-me daquilo que eu não entendia, disse-me: "De espada em punho, mostrando o arco e as flechas, pergunte com quem ele pensa que está falando, pois você é forte e valente, e não se deixará matar com a facilidade que ele acredita".

Para resumir, depois de muitas bravatas e ameaças, e de muita troca de palavras entre mim e aquele selvagem, sem que os outros dessem mostras de querer nos conciliar (como já disse no começo deste capítulo), ele, tonto que estava pelo muito *cauim* que havia bebido o dia inteiro, foi dormir e curtir a bebedeira, enquanto eu e o intérprete fomos jantar e comer a pata com nossos companheiros, que nos esperavam do outro lado da aldeia, sem saber da briga.

No entanto, como mostrou o desfecho da questão, os tupinambás bem sabem que, tendo já os portugueses por inimigos, se matassem um

---

17 **balordo:** de pouca inteligência, bronco; sem asseio. (N.O.)

francês teriam de enfrentar uma guerra irreconciliável que os privaria de mercadorias; por isso, tudo o que aquele homem fizera não passara de brincadeira. E de fato, acordando cerca de três horas depois, mandou dizer-me por outro selvagem que eu era seu filho e que fizera aquilo só para me pôr à prova e avaliar, pelo meu comportamento, se eu seria capaz de fazer guerra aos portugueses e aos maracajás, nossos inimigos comuns.

Por minha vez, no intuito de não lhe dar ocasião de fazer o mesmo outra vez, a mim ou a outro dos nossos, mesmo porque essas brincadeiras não são muito engraçadas, não só mandei dizer-lhe que não queria saber dele e que não precisava de pai que me pusesse à prova de espada em punho, como também, no dia seguinte, entrando na casa onde ele estava, para que ele entendesse melhor e para mostrar-lhe que aquela brincadeira me desagradava, dei faquinhas e anzóis a todos os que estavam perto dele, mas a ele não dei nada.

Tanto por esse caso quanto pelo outro que contei anteriormente — sobre minha primeira viagem, quando, por ignorar os costumes deles, eu acreditava correr perigo —, pode-se concluir que tudo o que eu disse sobre a lealdade desses selvagens para com os amigos continua sendo verdadeiro e indubitável, ou seja, que eles sentiriam grande pesar em desagradá-los. Ao que, à guisa de conclusão, eu acrescentaria que os velhos sobretudo, que no passado não tiveram machados, foices e facas (coisas que hoje lhes parecem tão apropriadas para cortar madeira e fazer arcos e flechas), não só tratam muito bem os franceses que os visitam como também exortam os jovens a fazer o mesmo no futuro.

Hans Staden

A COLÔNIA EM RITMO DE AVENTURA

São escassos os dados sobre a vida de Hans Staden (século XVI). Nasceu em Hessen, Alemanha. Empreendeu duas viagens ao Brasil. Na primeira, embarcou como artilheiro numa nau portuguesa que veio a Pernambuco em 1547 e retornou a Lisboa no ano seguinte. Na segunda, em 1550, veio incorporado na armada do espanhol Diogo de Sanábria, que pretendia fundar um povoado na costa da ilha de Santa Catarina e outro na embocadura do rio da Prata. O navio de Staden naufragou nas imediações de Itanhaém, no litoral paulista, e os sobreviventes seguiram para São Vicente, onde o alemão se agregou aos portugueses.

Em 1553, Staden foi nomeado condestável da fortaleza de Bertioga, por Tomé de Sousa. No ano seguinte, foi aprisionado pelos tupinambás. Permaneceu cativo na aldeia do chefe Cunhambebe entre meados de janeiro e 31 de outubro. Frequentemente ameaçado de morte e de ser devorado num ritual antropofágico da tribo, conseguiu adiar a sua morte ao longo dos meses, até ser resgatado por um navio francês. Nele retornou à Europa, seguindo para sua cidade natal.

Em 1557, saiu a primeira edição de seu livro em Hessen. Várias reedições se sucederam nesse mesmo ano. A obra foi traduzida para o flamengo, o holandês, o latim e o francês. A primeira edição em língua portuguesa apareceu somente em 1892, numa tradução deficiente da versão francesa. Em 1925, também Monteiro Lobato traduziu a primeira parte do livro e adaptou-a numa versão para jovens. Em 1930, uma edição mais cuidada apareceu, com texto traduzido do original por Alberto Löfgren e notas de Teodoro Sampaio. É essa edição que utilizamos aqui.

Duas viagens ao Brasil está dividido em duas partes. A primeira narra a chegada do viajante ao país e sua captura pelos índios. Organizada com muita objetividade, a narrativa envolve o leitor com a sucessão de peripécias que compõem o relacionamento entre Staden e os tupinambás. A segunda descreve, com precisão etnográfica, os nativos e seu modo de vida, tornando o autor, juntamente com Léry, uma das principais fontes históricas e antropológicas acerca dos indígenas.

Dos quatro capítulos que seguem, um foi extraído da primeira parte e dá a dimensão aventuresca do relato de Staden. Nos outros três, retirados da segunda parte, revela-se o etnógrafo quinhentista, abordando alguns costumes tupinambás: a poligamia, o casamento e a antropofagia.

Viagem ao Brasil[*]

Capítulo XXI

Como me trataram de dia, quando me levaram às suas casas

No mesmo dia, a julgar pelo sol, devia ser pela Ave-Maria[1], mais ou menos, quando chegamos às suas casas; havia já três dias que estávamos viajando. E até o lugar onde me levaram, contavam-se trinta milhas de Bertioga, onde eu tinha sido aprisionado.

Ao chegarmos perto de suas moradas, vimos que era uma aldeia com sete casas e se chamava Ubatuba[2]. Entramos numa praia que vai abeirando o mar e ali perto estavam as suas mulheres numa plantação de raízes, a que chamam mandioca. Na mesma plantação havia muitas mulheres, que arrancavam destas raízes, e fui obrigado então a gritar-lhes na sua língua *"Ayú ichebe enê remiurama"*, isto é: "Eu, vossa comida, cheguei".

Uma vez em terra, correram todos das casas (que estavam situadas num morro), moços e velhos, para me verem. Os homens iam com flechas e arcos para as suas casas e me recomendaram às mulheres que me levassem consigo, indo algumas adiante, outras atrás de mim. Cantavam e dançavam uníssonos os cantos que costumam, como canta sua gente quando está para devorar alguém.

---

[*] Tradução de Alberto Löfgren, revista e anotada por Teodoro Sampaio.
[1] **Ave-Maria:** neste caso, significa entardecer, fim da tarde. (N.O.)
[2] Trata-se do local onde hoje se encontra a cidade paulista de Ubatuba. Em outros capítulos da obra, porém, Staden se refere a uma outra aldeia com o mesmo nome, localizada no litoral do Rio de Janeiro. (N.O.)

Assim me levaram até a *caiçara*, diante de suas casas, isto é, à sua fortificação, feita de grossas e compridas achas de madeira, como uma cerca ao redor de um jardim. Isto serve contra os inimigos. Quando entrei, correram as mulheres ao meu encontro e me deram bofetadas, arrancando a minha barba e falando em sua língua: *"Che anama pipike aé"*, o que quer dizer: "Vingo em ti o golpe que matou o meu amigo, o qual foi morto por aqueles entre os quais tu estiveste".

Conduziram-me, depois, para dentro de casa, onde fui obrigado a me deitar em uma rede. Voltaram as mulheres e continuaram a me bater e maltratar, ameaçando de me devorar.

Enquanto isto, ficavam os homens reunidos em uma cabana e bebiam o seu *cauim*, tendo consigo os seus deuses, que se chamam *maracá*, em cuja honra cantavam, por terem profetizado que me haviam de prender.

Tal canto ouvi durante uma meia hora e não apareceu um só homem; somente mulheres e crianças estavam comigo.

Capítulo XVIII

Quantas mulheres cada um tem, e como vive com elas

A maior parte deles tem só uma mulher; outros têm mais. Mas alguns dos seus principais têm 13 ou 14 mulheres. O principal a quem me deram da última vez, e de quem os franceses me compraram, chamado Abbati Bossange, tinha muitas mulheres e a que fora a primeira era a superiora entre elas. Cada uma tinha o seu aposento na cabana, seu próprio fogo e sua própria plantação de raízes; e aquela com quem ele vivia, e em cujo aposento ficava, é que lhe servia o comer; e assim passava de uma para outra. As crianças que lhe nascem, enquanto meninos e pequenos, educam-nos para a caça; e o que os meninos trazem, cada qual dá a sua mãe. Elas então cozinham e partilham com os outros; e as mulheres se dão bem entre si.

Também têm o costume de fazer presentes de suas mulheres, quando aborrecidos delas. Fazem do mesmo modo presentes de uma filha ou irmã.

Capítulo XIX

Como eles contratam os casamentos

Contratam os casamentos de suas filhas, ainda crianças, e logo que elas se fazem mulheres, cortam-lhes o cabelo da cabeça; riscam-lhes nas costas marcas especiais e lhes penduram ao pescoço uns dentes de animais ferozes. Uma vez crescido o cabelo de novo, as incisões cicatrizam-se, deixando ver ainda o sinal desses riscos, pois que misturam certas tintas com o sangue, para ficar preto quando saram, coisa que é tida como uma honra.

Quando terminadas estas cerimônias, entregam as filhas a quem as deve possuir e não celebram nenhuma outra cerimônia especial. Homem e mulher procedem decentemente e fazem os seus ajuntamentos às ocultas. Da mesma forma, consegui ver que um dos seus chefes em certa ocasião, cedo pela manhã, ao visitar todas as suas cabanas, riscava as pernas das crianças com um dente afiado de peixe; isto só para lhes fazer medo, de modo que, quando choravam com manha, os pais as ameaçavam: "Aí vem ele!" e elas se calavam.

Capítulo XXVIII

Com que cerimônias matam e comem seus inimigos. Como os matam e como os tratam

Quando trazem para casa os seus inimigos, as mulheres e as crianças os esbofeteiam. Enfeitam-nos depois com penas pardas; cortam-lhes as sobrancelhas; dançam em roda deles, amarrando-os bem, para que não fujam.

Dão-lhes uma mulher para os guardar e também para ter relações com eles. Se ela concebe, educam a criança até ficar grande; e depois, quando melhor lhes parece, matam-na a esta e a devoram. Fornecem aos prisioneiros boa comida; tratam assim deles algum tempo, e ao começarem os preparativos, fabricam muitos potes especiais, nos quais põem todo o necessário para pintá-los; ajuntam feixes de penas que amarram no bastão com que os hão de matar.

Trançam também uma corda comprida a que chamam *mussurana* com a qual os amarram na hora de morrer. Terminados todos os preparativos, marcam o dia do sacrifício. Convidam então os selvagens de outras aldeias para aí se reunirem naquela época. Enchem todas as vasilhas de bebidas e, um ou dois dias antes que as mulheres tenham feito essas bebidas, conduzem o prisioneiro uma ou duas vezes pela praça e dançam ao redor dele.

Reunidos todos os convidados, o chefe da cabana lhes dá as boas-vindas e lhes diz: "Vinde ajudar agora a comer o vosso inimigo". Dias antes de começarem a beber, amarram a mussurana ao pescoço do prisioneiro. No mesmo dia, pintam e enfeitam o bastão chamado *ibirapema* com que o matam [...].

Tem este mais de uma braça de comprido e o untam com uma substância que gruda. Tomam então cascas pardas de ovos de um pássaro chamado *macaguá*, e moem-nas até reduzi-las a pó, que esfregam no bastão. Uma mulher então risca figuras nesse pó aderente ao bastão, e enquanto ela desenha, as mulheres todas cantam ao redor. Uma vez pronto o *ibirapema* com os enfeites de penas e outras preparações, penduram-no em uma cabana desocupada e cantam ao redor dele toda a noite.

Do mesmo modo pintam a cara do prisioneiro, e enquanto uma das mulheres o está pintando, as outras cantam. E logo que começam a beber, levam o prisioneiro para lá, bebem com ele e com ele se entretêm.

Acabando de beber, descansam no dia seguinte; fazem depois uma casinha para o prisioneiro, no lugar onde ele deve morrer. Ali fica ele durante a noite, bem guardado.

De manhã, antes de clarear o dia, vão dançar e cantar ao redor do bastão com que o devem matar. Tiram então o prisioneiro da casinha e a desmancham, para abrir espaço; amarram a mussurana ao pescoço e em redor do corpo do paciente, esticando-a para os dois lados. Fica ele então no meio, amarrado, e muitos deles a segurarem a corda pelas duas pontas. Deixam-no assim ficar por algum tempo; dão-lhe pedrinhas para ele arremessar sobre as mulheres que andam em volta ameaçando de devorá-lo. Estão elas então pintadas e prontas para, quando o prisioneiro estiver reduzido a postas, comerem os quatro primeiros pedaços ao redor das cabanas. Nisto consiste o seu divertimento. Isto pronto, fazem um fogo cerca de dois passos do prisioneiro para que este o veja.

Depois vem uma mulher correndo com o *ibirapema*; vira os feixes de penas para cima; grita de alegria e passa pelo prisioneiro, para que este o veja.

Feito isto, um homem toma da clava; dirige-se para o prisioneiro; para na sua frente e lhe mostra o cacete para que ele o veja. Enquanto isso, aquele que deve matar o prisioneiro vai com uns 14 ou 15 dos seus e pinta o próprio corpo de pardo, com cinza. Volta então com os seus companheiros para o lugar onde está o prisioneiro, e aquele que tinha ficado em frente deste lhe entrega a maça. Surge agora o principal das cabanas; toma a clava e a enfia por entre as pernas daquele que deve desfechar o golpe mortal.

Isso é por eles considerado uma grande honra. De novo aquele que deve matar o prisioneiro pega na clava e diz: "Sim, aqui estou, quero te matar, porque os teus também mataram a muitos dos meus amigos e os devoraram". Responde-lhe o outro: "Depois de morto, tenho ainda muitos amigos que de certo me hão de vingar". Então desfecha-lhe o matador um golpe na nuca, os miolos saltam e logo as mulheres tomam o corpo, puxando-o para o fogo; esfolam-no até ficar bem alvo e lhe enfiam um pauzinho por detrás, para que nada lhes escape.

Uma vez esfolado, um homem o toma e lhe corta as pernas, acima dos joelhos, e também os braços. Vêm então as mulheres; pegam nos quatro pedaços e correm ao redor das cabanas, fazendo um grande vozerio.

Depois abrem-lhe as costas, que separam do lado da frente, e repartem entre si; mas as mulheres guardam os intestinos, fervem-nos e do caldo fazem uma sopa que se chama *mingau*, que elas e as crianças bebem.

Comem os intestinos e também a carne da cabeça; os miolos, a língua e o mais que houver são para as crianças. Tudo acabado, volta cada qual para sua casa levando o seu quinhão. Aquele, que foi o matador, ganha mais um nome, e o principal das cabanas risca-lhe o braço com o dente de um animal feroz. Quando sara, fica a marca, e isto é a honra que tem. Depois tem ele, no mesmo dia, de ficar em repouso, deitado na sua rede e lhe dão um pequeno arco com uma flecha para passar o tempo atirando em um alvo de cera. Isto é feito para que os braços não fiquem incertos, do susto de ter matado.

Tudo isto eu vi e presenciei.

Eles não sabem contar senão até cinco. Se querem contar mais, mostram os dedos da mão e do pé. Em querendo falar de um número grande, apontam quatro ou cinco pessoas, indicando quantos dedos da mão e do pé elas têm.

José de Anchieta

A PROSA E O VERSO DO "APÓSTOLO DO BRASIL"

Após os primeiros estudos na terra natal, José de Anchieta (Tenerife, ilhas Canárias, 1534 - Reritiba, ES, 1597) transferiu-se para Coimbra, onde se formou em filosofia e ingressou na Companhia de Jesus aos 17 anos. Na condição de noviço, integrou a terceira leva de jesuítas que veio trabalhar no Brasil com o segundo governador-geral, Duarte da Costa, em 1553. Por sua sensibilidade humana e sua dedicação religiosa, Anchieta ficou na história da Colônia como exemplo de vida espiritual particularmente heroica nas condições adversas em que se exerceu.

Em 1554, deixou a vila de São Vicente e transferiu-se para o planalto de Piratininga, onde, em colaboração com Manuel da Nóbrega, fundou um colégio para os indígenas (em 25 de janeiro), que se tornou o núcleo da cidade de São Paulo. Entre 1560 e 1563, juntamente com Nóbrega, firmou o acordo de paz com os índios tamoios, que, sob influência francesa, combatiam os portugueses ao longo do litoral entre Santos e Rio de Janeiro. Tornou-se provincial da Ordem dos Jesuítas no Brasil em 1578. Assim que deixou o cargo, retomou o trabalho missionário, estabelecendo-se no Espírito Santo. Morreu em Reritiba, cidade que hoje tem seu nome. Foi beatificado pelo papa João Paulo II em 1980.

Paralelamente ao trabalho religioso, Anchieta desenvolveu constante atividade literária, escrevendo numerosos autos teatrais com finalidade catequética, entre os quais se podem citar *Dia da Assunção*, *Vila de Vitória*, *Festa de Natal* e *Festa de São Lourenço*. Em vida, publicou somente um estudo linguístico, *Arte de gramática da língua mais usada na costa do Brasil* (1595). Seus textos em prosa foram coletados e organizados em 1933, numa edição da Academia Brasileira de Letras, com o título de *Cartas, informações, fragmentos históricos e sermões*. Suas *Poesias*, escritas em português, espanhol, tupi e latim, foram reunidas numa edição completa em 1954, por ocasião do IV Centenário de São Paulo.

Sobre a vasta obra escrita pelo beato, comenta o professor Alfredo Bosi:

> É o Anchieta poeta e dramaturgo que interessa ao estudioso da incipiente literatura colonial. E se os seus autos são definitivamente pastorais (no sentido eclesial da palavra), destinados à edificação do índio e do branco em certas cerimônias litúrgicas [...], o mesmo não ocorre com os seus poemas que valem em si mesmos como estruturas literárias.

Assim, nesta antologia, não poderíamos deixar de incluir "A Santa Inês", um dos mais representativos de seus textos poéticos. Entretanto, há outros poemas de fácil acesso em edições didáticas. Selecionamos também um texto em prosa, uma carta de 1º de junho de 1560, cujo teor semelhante ao dos outros prosadores do período se insere na tradição informativa da literatura do Brasil quinhentista.

A Santa Inês[1]

> Os textos poéticos de Anchieta têm características da lírica medieval portuguesa e a simplicidade de um autor que pretende transmitir sua fé, utilizando a poesia como recurso didático.

I
Cordeirinha linda,
como folga o povo
porque vossa vinda
lhe dá lume novo![2]

Cordeirinha santa,
de Iesu[3] querida,
vossa santa vinda
o diabo espanta.

Por isso vos canta,
com prazer, o povo,
porque vossa vinda
lhe dá lume novo!

Nossa culpa escura
fugirá depressa,
pois vossa cabeça
vem com luz tão pura.

Vossa formosura
honra é do povo,

---

1   **Inês:** mártir da Igreja do século IV. Jovem romana, foi decapitada por ter se recusado a perder a virgindade. É considerada o símbolo e a guardiã da castidade cristã. (N.O.)
2   É importante observar o uso do verso redondilho, de caráter popular, e o coloquialismo do poema, que lhe dão a tonalidade didática e musical. Esta última é reforçada pelos refrões e estribilhos. (N.O.)
3   **Iesu:** Jesus. (N.O.)

porque vossa vinda
lhe dá lume novo!

Virginal cabeça
pela fé cortada,
com vossa chegada,
já ninguém pereça.

Vinde mui depressa
ajudar o povo,
pois com vossa vinda
lhe dais lume novo!

Vós sois, cordeirinha,
de Iesu formoso,
mas o vosso esposo
já vos fez rainha.

Também padeirinha
sois de nosso povo,
pois, com vossa vinda,
lhe dais lume novo!

II
Não é d'Alentejo
este vosso trigo,
mas Jesus amigo
é vosso desejo.

Morro porque vejo
que este nosso povo
não anda faminto
desse trigo novo.

Santa padeirinha,
morta com cutelo,
sem nenhum farelo
é vossa farinha.

Ela é mezinha[4]
com que sara o povo,
que, com vossa vinda,
terá trigo novo.

O pão que amassastes
dentro em vosso peito,
é o amor perfeito
com que a Deus amastes.

Deste vos fartastes,
deste dais ao povo,
porque deixe o velho
pelo trigo novo.

Não se vende em praça,
este pão de vida,
porque é comida
que se dá de graça.

Ó preciosa massa!
Ó que pão tão novo
que, com vossa vinda,
quer Deus dar ao povo!

Ó que doce bolo,
que se chama graça!
Quem sem ele passa
é mui grande tolo.

Homem sem miolo,
qualquer deste povo,
que não é faminto
deste pão tão novo!

---

4   **mezinha:** líquido medicamentoso; medicamento caseiro. (N.O.)

III
Cantam:
Entrai ad altare Dei[5],
virgem mártir mui formosa,
pois que sois tão digna esposa,
de Jesus, que é sumo rei.

Debaixo do sacramento
em forma de pão de trigo,
vos espera, como amigo,
com grande contentamento,
ali tendes vosso assento.

Entrai ad altare Dei,
virgem mártir mui formosa,
pois que sois tão digna esposa
de Jesus, que é sumo rei.

Naquele lugar estreito
cabereis bem com Jesus,
pois ele, com sua cruz,
vos coube dentro do peito,
ó virgem de grão respeito.

Entrai ad altare Dei,
virgem mártir mui formosa,
pois que sois tão digna esposa
de Jesus, que é sumo rei.

---
5   *ad altare Dei*: do latim, "no altar de Deus". (N.O.)

Carta ao Padre Geral, 1/6/1560

> Riquíssima fonte de informações sobre o trabalho dos jesuítas no Brasil, as cartas de Anchieta primam pela objetividade e pela abrangência dos aspectos da vida colonial que apresentam.

Carta ao Padre Geral, de São Vicente, em 1º de junho de 1560

No ano de 1558, no fim do mês de maio escrevi, Reverendo em Cristo Padre, o que se passou, assim acerca de nós outros, como da conversão e doutrina dos índios, e de então a esta hora, nunca achamos ocasião de poder escrever, visto neste último tempo não partir daqui navio algum, porque mais é para se compadecer de nós outros, que para se irar, que tanto tempo carecemos das cartas dos nossos irmãos, e vimos a tanta falta, que até para dizer missa, nos faltou vinho por alguns dias.

Darei agora conta do que depois sucedeu, e primeiramente que recebêssemos grande alegria com as cartas que agora recebemos, máxime[1] nas de Vossa Paternidade, nas quais se mostrava o paternal amor e singular cuidado, que tem de nós outros, porque além de Vossa Paternidade não cessar de nos oferecer à Divina Majestade em suas orações, ordenou que todos nossos irmãos nos encomendem mui particularmente a Nosso Senhor, do que está claro que nos há de vir muita ajuda e proveito. Porque como era possível que pudéssemos sofrer tanto tempo, e com tanta alegria, tanta dureza de coração dos Brasis[2] que ensinamos, tão cerrados ouvidos à Palavra Divina, tão fácil renunciantes dos bons costumes, que alguns hão desaprendido, tão pronto relaxo aos costumes e pecados de seus maiores, e finalmente tão pouco e nenhum cuidado de sua própria salvação, se as contínuas orações da Companhia nos não dessem mui grande ajuda?

Há tão poucas cousas dignas de se escrever, que não sei que escreva, porque, se escrever a Vossa Paternidade que haja muitos dos Brasis con-

---

1 **máxime:** principalmente, especialmente. (N.O.)
2 **brasil:** neste caso, designa o índio brasileiro. (N.O.)

vertidos, enganar-se-á a sua esperança, porque os adultos a quem os maus costumes de seus pais têm convertido em natureza, cerram os ouvidos para não ouvir a palavra de salvação, e converter-se ao verdadeiro culto de Deus, não obstante, que continuamente trabalhamos pelos trazer à Fé; todavia, quando caem em alguma enfermidade, de que parece morrerão, procuramos de os mover, a que queiram receber o batismo, porque então comumente estão mais aparelhados; mas quantos são os que conhecem e queiram estimar tão grande benefício? Não são por dois outros exemplos que isto se pode entender.

Adoeceu um destes catecúmenos[3] em uma aldeia nos arrabaldes de Piratininga e fomos lá para lhe dar algum remédio, principalmente para a sua alma: dizíamos-lhe que olhasse para a sua alma, e que deixando os costumes passados, se preparasse para o batismo: respondeu que o deixássemos sarar primeiro, e esta resposta somente nos dava a tudo que lhe dizíamos nós outros: declarávamos abreviadamente os artigos da Fé, e os mandamentos de Deus, que muitas vezes de nós outros tinha ouvido, e respondido, como enjoado, que já tinha os ouvidos tapados, sem ouvir ao que lhe dizíamos, em todas as outras cousas fora deste propósito, respondia prontamente, que bem parecia não ter tapados os ouvidos do corpo, e somente os do coração.

Adoeceu outro em outro lugar, e como muitas vezes o admoestávamos, o mesmo dizia, crendo que se sanaria; mas aumentando-se cada dia a enfermidade, visitei-o, e vendo por outra parte estar já in extremis[4], com palavras brandas o persuadia a tomar o batismo, e ele mui indignado, levantou a voz, que não podia, gritando que o não molestasse, e que estava são: irava-se com tudo por todas as vias: deste já alguns irmãos haviam tentado ganhá-lo para o Senhor, trabalhando nisto com muitas palavras, que parecia já haver dado consentimento, e disse: "Pois que assim é, te batizarão e alcançarás a eterna salvação"; mas não somente não consentiu, que cobrindo a cara me deixou, sem dizer mais palavra, e no outro dia, permanecendo na mesma obstinação, morreu.

Que direi de outro, que voltando da guerra com flechadas e quase para morrer, curamo-lo com toda a diligência, o que fazemos a todos, até que cobrem[5] a saúde? Aquele com a dor das chagas prometia de receber o batismo, e de viver bem conforme os mandamentos de Deus, e ele não

---

3 **catecúmeno:** aquele que está sendo instruído e preparado para receber o batismo. (N.O.)
4 *in extremis:* do latim, "no fim". (N.O.)
5 **cobrar:** neste caso, significa recobrar, recuperar. (N.O.)

menos se tornou aos costumes antigos, como se nenhum mal houvera acontecido. Deixo outros que fazem da mesma maneira, para os quais seria mister longa oração, que nenhum cuidado têm das cousas futuras, para que não dê em nossas cartas a Vossa Paternidade maior motivo de dor, que de alegria, vendo que aqueles que o piedoso Senhor de tão inumerável multidão sujeita ao jugo do demônio, não os deixou trazer à sua Igreja, e vestidos de glória imortal nos Céus, não falando nos inocentes, que morrem muitos batizados, e vão gozar da vida eterna, os mesmos adultos tinham também muita ocasião de irem para o Senhor, receber grande consolação.

Havia um cristão, casado legitimamente, que havia muito tempo estava enfermo: fomos visitá-lo ao lugar cinco milhas de Piratininga; consolou--se muito, confessou-se com muita dor e contrição, e voltamos para casa: chegou um benzedor do sertão: o enfermo, assim por leviandade do coração, como pelo desejo da saúde, se deixou esfregar por aquele, e chupar segundo o rito dos gentios; mas como não sentisse sinal de saúde que esperava, arrependido com grande dor, uniu-se a nós outros a confessar o seu pecado, e estando junto da igreja, onde com frequentes confissões pôde limpar a sua alma dos pecados, curamo-lo, e, daí a alguns dias, achando-se melhor, se tornou para sua casa, onde caiu em uma doença incurável, pela qual se fez trazer a Piratininga, para aí acabar de expirar. Os dias que aí viveu não os passou ociosamente, mas antes confortando-se com assíduas orações, confissões e admoestações saudáveis dos irmãos, se aparelhava para passar o restante da vida: chegando depois o termo dela, mandou chamar os irmãos, e pedindo um sacerdote com um intérprete, disse-lhes: "Assentai-me um pouco, enquanto me dura o uso da razão, para procurar o que pertence à salvação de minha alma; encomendai-me a Deus quando tiver falecido, enterrando-me na igreja; mulher e filhos morem aqui para aprender as cousas da Fé e bons costumes", e dizendo estas e outras muitas cousas semelhantes com muita devoção, daí a pouco se partiu para a eterna, segundo cremos.

Uma catecúmena que havia dois anos estava enferma de calenturas[6], fez-se trazer a Piratininga pelos seus parentes, para que a curássemos: fizemos-lhe os remédios que podíamos, mas como a febre já estava arraigada, curamo-la mais da saúde da alma, incitando-lhe os desejos da eterna vida, a qual ela abraçando com todo o afeto do coração, rogava e pedia o batismo. Daí a alguns dias foi a uma aldeia vizinha, fazendo-nos

---

6 **calentura**: febre intensa, geralmente acompanhada de delírios. (N.O.)

saber primeiro, para que aí uma irmã tivesse cuidado dela; ali a visitamos muitas vezes, e perseverando no mesmo bom propósito de seu coração, depois de mui larga doença, esteve quase meio dia fora de si, e tornando em si já tarde, como que acordava de algum sono, mandou logo uns moços a chamar-nos: fomos sem tardança, sendo o sol posto, e achamo-la em *extremis* já, e dando-lhe de comer, a admoestamos que se aparelhasse para o batismo: respondeu ela que estava aparelhada e que o desejava muito; logo nessa hora a trouxemos a Piratininga de noite, aonde um irmão e outro que lá havia diziam, que se deferisse para outras: instruímo-la mais compridamente na Fé, o que há muitos meses havíamos feito, e a batizamos: logo parece que se lhe mudou o rosto e se tornou mais alegre, quando antes pelas angústias da dor estava afligida sem nenhum sossego: começou logo a repousar, e a duas ou três horas se passou para a vida.

Depois de muitos dias duas de suas irmãs caíram em uma grande enfermidade; uma delas morreu em Piratininga, cristã e casada: sangrei-a[7] duas vezes, e ficou melhor; a outra, que ainda era catecúmena, e morava em outro lugar, bem instruída nas cousas da Fé, e que na bondade natural parecia exceder a todas as outras, adoecendo de febre no-lo fez saber: até que passaram quatro ou cinco dias fomos visitá-la, sangramo-la, e juntamente lhe ensinamos, e depois da sangria ficou melhor: depois de alguns dias, agravando-se mais a doença, mandou-me chamar para que a tornasse a sangrar: fui bem depressa, mas quando cheguei não tinha os sentidos, nem sinal de vida, e o corpo estava já frio, de maneira que parecia morta; mas como se lhe lançasse água na cara, começou a mover os olhos; enfim tornando a si lhe perguntei se queria que a batizasse: mas porque não queria tal, que toda sua vida nenhuma outra cousa mais desejava, assim que a batizei, e pronunciei às duas horas da manhã o Santíssimo Nome de Jesus, foi confessando a verdadeira Fé, até que deu o Espírito ao seu Criador para ir receber o prêmio eterno. Depois de alguns meses sucedeu a outra irmã, que acima falei, mui firme na Fé, e confessada muitas vezes.

Um só exemplo contarei por me não demorar em cada cousa particular, e que não será causa de menor alegria. Faleceu há pouco uma velha que havia sido manceba de um português quase quarenta anos, e ainda gerando muitos filhos; esta como os nossos irmãos houvessem muito admoestado,

---

[7] A sangria era uma prática comum na medicina desde a Antiguidade. Acreditava-se que, sangrando o paciente, esvaíam-se os humores do sangue responsáveis por sua doença. Com frequência, os jesuítas atuavam como enfermeiros ou médicos. (N.O.)

que olhasse para si, e não quisesse ir-se ao inferno por aquele pecado, logo arrependida, e conhecendo a maldade com que havia vivido, aborreceu o pecado perseverando na castidade, e trabalhava de purgar seus pecados com muitas esmolas que nos fazia. Agora, ferida de uma longa e incurável enfermidade, foi a Piratininga, onde deixou uma casa para seus filhos e escravos. Entendia somente as cousas tocantes à salvação de sua alma, confessava e comungava muitas vezes, e dando-nos muitas esmolas, aparelhava eternos tabernáculos na vida. Visitavam-na muitas vezes os irmãos, confortavam-na nas divinas palavras, principalmente quando já no último, tendo corruptos[8] os membros secretos (esta era sua enfermidade, que é mui comum nestas mulheres do Brasil, ainda virgens),[9] mas o padre Afonso Braz, e o irmão Gaspar Lourenço intérprete, tendo mais ânimo ao odor que sua alma havia de dar, venceram o fedor que aos outros era intolerável, estiveram toda a noite sem dormir, esforçando-a com divinas palavras, em que ela muito se deleitava, até que expirou com ditoso fim, como é de crer.

De outros muitos podia contar, máxime escravos, dos quais alguns morreram batizados de pouco, e outros já há dias que o foram: acabando sua confissão iam para o Senhor. Pelo que, quase sem cessar, andamos visitando várias povoações assim dos índios como de portugueses, sem fazer caso das calmas e chuvas, grandes enchentes dos rios, e muitas vezes de noite por bosques mui escuros a socorrer os enfermos, não sem grande trabalho, assim pela aspereza dos caminhos, como pela incomodidade do tempo, máxime sendo tantas estas povoações, estando longe umas das outras, que não somos bastantes a acudir tão várias necessidades como ocorrem, e, mesmo que fôramos muito mais, não poderíamos bastar. Ajunta-se a isto, que nós outros que socorremos as necessidades dos outros, muitas vezes estamos maldispostos e fatigados de dores, desfalecemos no caminho, de maneira que apenas o podemos acabar, e assim ainda que mais parece termos necessidade ainda de médico que os mesmos enfermos. Mas nada é árduo a quem tem por fim somente a honra de Deus e a salvação das almas, pelas quais não duvidamos dar a vida. Muitas vezes nos levantamos do sono, ora para os enfermos e os que morrem, ora para as mulheres de parto, sobre as quais pomos as relíquias dos Santos,[10] e parem, e o que elas não ignoram, começando a sentir

---

8 **corrupto:** neste caso, significa danificado, infectado. (N.O.)
9 Trata-se do que se diagnostica atualmente como câncer de útero. (N.O.)
10 A superstição de colocar medalhas e imagens religiosas na barriga das parturientes para auxiliá-las no trabalho de parto conserva-se ainda hoje no interior de vários estados brasileiros. (N.O.)

as dores, logo as mandam pedir, havendo-se primeiro confessado. Entre estas cousas acontece que se batizam e mandam ao Céu alguns meninos que nascem meio mortos, e outros movidos[11], o que acontece muitas vezes mais por humana malícia que por desastre, porque estas mulheres brasílicas mui facilmente movem: ou iradas contra seus maridos, ou os não têm por medo; ou por outra qualquer ocasião mui leviana matam os filhos; ou bebendo para isso algumas beberagens; ou apertando a barriga; ou tomando alguma carga grande, e com outras muitas maneiras que a crueldade desumana inventa.

Isto me têm dito os doentes, porque o que se há de julgar verdadeiro fruto que permanece até o fim, porque dos sãos não o fazem contar nada a ninguém, por ser tanta a inconstância em muitos, que não se pode nem se deve prometer deles cousa que haja de durar. Mas bem-aventurados aqueles que morrem no Senhor, que livres das perigosas águas deste mudável mar, abraçada a Fé, mandamos ao Senhor, transladados à vida, soltos das prisões da morte! E assim os bem-aventurados êxitos destes nos dão tanta consolação, que pode mitigar a dor que recebemos da malícia dos vivos, e com tudo trabalhamos com muita diligência em a sua doutrina, os admoestamos em públicas prédicas, e particulares práticas, que perseverem no que têm aprendido, confessando-se e comungando muitos cada domingo.

Vêm também de outros lugares onde estão dispersados a ouvir as Missões[12] e confessar-se, máxime quando querem ir à guerra. À confissão e mais sacramentos têm muita reverência, e tanto, que muitas vezes afirmam os enfermos que se lhes abrandam as dores depois da confissão. Assim não há dúvida, que se acharia muito fruto neles se estivessem juntos, onde se pudessem doutrinar, de que se fez agora experiência na Bahia, onde juntos em umas grandes aldeias por mandado do governador,[13] aprendem mui depressa a doutrina e rudimentos da Fé, e dão muito fruto, que durará enquanto houver quem os traga a viver naquela sujeição que temos.

Nas festas principais, máxime quando se celebra o Nascimento, a Paixão do Senhor, concorrem a Piratininga de todos os lugares, comarcas, quase

---

[11] Eufemisticamente, Anchieta usa aqui *mover* em lugar de *abortar*. A prática do aborto pelos indígenas é relatada também por outros cronistas do período. (N.O.)

[12] **missão**: designa o aldeamento indígena organizado e administrado por jesuítas para a pregação da fé cristã; mas neste caso significa pregação, sermão doutrinal. (N.O.)

[13] Em 1558, Mem de Sá obrigou as tribos da Bahia a se unirem em quatro grandes aldeias e auxiliou os jesuítas a nelas se estabelecerem para a catequese dos nativos. (N.O.)

todos muitos dias antes; estão presentes aos Divinos Ofícios e Procissões, disciplinando-se até derramar sangue, para o que muito antes aparelham disciplinas com muita diligência. O mesmo fazem em outros tempos, quando por alguma necessidade se fazem procissões. O Ofício das Trevas[14] fazemos na igreja sem canto, que concluímos tomando uma disciplina com três *miserere*[15]. Também pregamos a Paixão, infundindo grande devoção e muitas lágrimas nos ouvintes, as quais também derramam em abundância nas confissões e comunhões. Também se lhes ensina a rezar particularmente, e para isto lhes damos rosários, para que dizendo muitas vezes Ave-Maria tenham principal amor e devoção a Nossa Senhora. Estes rosários fez Jacome, ao torno, mui polidos, o que ele nunca aprendeu, nem exercitou esta arte, porém constrangido pela obediência e caridade, sendo esta obra nunca antes dele usada, e ainda se fez de mestre de alguns escravos que gastam nisto algumas horas, máxime em fazer rosários, os quais distribuídos, assim aos índios, como a nós outros cristãos, não são pequenos incitamentos de devoção.

Para não deixar de dizer, pois, o que vem a propósito, quase nenhuma arte das necessárias para o comum uso da vida deixam de fazer os irmãos; fazemos vestidos, sapatos, principalmente alpercatas de um fio como cânhamo, que nós outros tiramos de uns cardos lançados n'água e curtidos, cujas alpercatas são mui necessárias pela aspereza das selvas e das grandes enchentes d'água: é necessário passar muitas vezes por grande espaço até a cinta, e algumas até ao peito, barbear, curar feridas, sangrar, fazer casas e cousas de barro, e outras semelhantes cousas não se buscam fora, de sorte que a ociosidade não tem lugar algum na casa.

Prosseguindo, pois, o meu propósito, procedem os índios na doutrina da Fé, e em lugar dos catecúmenos, que de Piratininga se foram, vieram outros de diversos lugares, que se vieram unir segundo a vida cristã, fizeram casas de taipa para sempre morarem, para os quais deu grande ajuda o padre Afonso Braz com incansável trabalho.

Veem-se em muitos, máxime nas mulheres assim livres como escravas, mui manifestos sinais de virtude, principalmente em fugir e detestar a luxúria, e que como seja comum ruína do gênero humano, nesta gente parece que teve sempre não só imperioso senhorio, mas também tirania a mais cruel, que como seja verdade, é para espantar e digno de grande

---

14 **Ofício das Trevas:** cerimônia católica que faz parte da celebração da Paixão de Cristo. (N.O.)
15 *miserere*: do latim, "tem piedade"; neste caso, se refere à oração ou canto de apelo pela piedade alheia. (N.O.)

dor, quantas vitórias e triunfos alcançam dela: sofrem as escravas que seus senhores as maltratem com bofetadas, punhaladas, açoutes por não consentirem no pecado, outros desprezando-as, as oferecem aos mancebos desonestos, a outras por força querem roubar sua castidade, defendendo-se não somente, repugnando com toda a vontade, mas com clamores, mãos e dentes, fazendo fugir aos que tentam forçá-las. Uma que foi por um acometida, perguntada de quem era escrava, respondeu "De Deus sou, Deus o meu Senhor, a quem te convém falar, se queres alguma cousa de mim", e com estas palavras ficou vencido, confundido, contando a outros com grande admiração.

Indo outras a trabalhar por mandado do senhor, seguidas de um moço desavergonhado, como quisesse levar por força a uma delas, correram as outras depressa, exortando-a a propulsar aquela injúria, livrando a sua conserva, acharam ao homem em empurrões, de lodo em lodo, e pó, em que bem se poderá considerar a facilidade da torpeza e maldade que queria cometer. Podia acrescentar a estes muitos outros exemplos, que cada dia achamos, pelo que se pode claramente ver, quanto vale acerca de muitos pela Divina Bondade, as exortações contínuas dos irmãos, mas disto fácil cousa será conhecer quanto seja a força e virtude da palavra Divina, que pode fazer correr das pedras copiosas fontes d'água que alegrem a soberana Cidade de Deus.

Assim, nas cousas da doutrina se trabalha com muito estudo e cuidado, assim em Piratininga, onde ultra da comum ordem em que cada dia dos meses são chamados à igreja, de noite se ajuntam muitos machos em casa, dando-lhes sinal para isto, cujas mulheres e escravas trabalham com muita diligência em aprender o que conduz para a sua salvação, confessando-se muitos, e comungando todos os domingos, vindo aos Sermões e Ofícios Divinos. No que trabalham os irmãos que têm a seu cargo, principalmente o padre Luiz da Grã, com um trabalho incansável e contínuo, procurando a salvação das almas; três, quatro e cinco vezes reparte o pão da doutrina aos famintos, e tão alegremente se ocupa em ensinar dois ou três, como se estivesse a igreja cheia, pondo grande cuidado em visitar os enfermos, admoestar particularmente a uns e a outros, e ouvir confissões.

Os dias passados, depois do sol posto, veio um grandíssimo vento com chuva de granizo, que fazia tremer as casas, arrebatou os telhados, e fez grande estrago nos bosques: mandou o padre que se ajuntassem os escravos, e o sólito confúgio[16] da oração, e tomando consigo ao irmão Manuel

---
16 **sólito confúgio**: auxílio costumeiro. (N.O.)

Chaves intérprete, andava de casa em casa visitando a todos, para saber se havia acontecido algum desastre com a caída das casas, acudindo com a medicina corporal e espiritual, e a todos fez ajuntar na Igreja, que parecia lugar mais seguro, admoestando-os, que pedissem a Divina ajuda: alguns velhos doentes e meninos fez trazer à casa até o outro dia, que finalmente em todos se viu também um sinal da Divina Sabedoria, que parece que nenhuma cousa se podia, e devia fazer melhor do que se fez. Pelo que, não sem razão, estiveram todos com o padre, assim índios como os portugueses, a quem também pregou mui a miúdo aqui, e em outras povoações com grande edificação dos ouvintes.

Muita cousa parece que se conta dos índios, às quais ajuntarei algumas, de suas guerras, nas quais como tinham posto quase todos os seus pensamentos e cuidados, e neles se se pudesse ver, quão vagas são a virtude e doutrina da vida cristã, os dias passados sendo encontrados os inimigos vieram a um lugar, e tomaram muitos cativos. Um deles dizia haver de se matar em uma povoação perto de Piratininga; com seus cantos vimos as festas como é costume: sabendo o padre Luiz da Grã foi a ela, para batizar aos moradores, que não quisessem cometer aquela maldade, prometeram-lhe que não haviam de deixar sujar seu lugar em que havia tantos cristãos com derramamento de sangue inocente. Mas como houvesse fama que se aparelhava todo o necessário para a morte, tornou lá uma e outra vez, estando aquela aldeia quatro milhas de Piratininga, e os que já eram batizados prometessem que tal não se faria, todavia um só cativo infiel, que havia ali, vindo doutra parte para ganhar aquela mísera e torpíssima honra, induzido por conselho de algumas velhas, determinou matá-lo, e tomar o seu nome e insígnias de honra. Sabendo nós outros que assim estava determinado, fomos lá, como quem íamos negociar em outra cousa, porque nos escondessem como costumam, para que o batizássemos, e a sua alma inocente fosse participante dos gozos eternos. Era um menino inocente até três anos, mui elegante e formoso, que fizemos trazer diante de nós outros, e batizamos, pesando-nos, uma parte por se haver de matar um menino inocente com tanta crueldade, e em cuja morte tantos vi, já batizados, haviam gravemente pecar, e por outra parte alegramo-nos muito, porque logo sua inocente alma havia de ir passar-se à vida eterna. Isto acabado, e já a causa estava segura, e não havia perigo de esconder: começamos diante de muitos a detestar aquela maldade, e notar-lhes de cobardes e frouxos que queriam em meninos pequenos vingar as injúrias e mortes que recebiam dos inimigos, e ameaçar-lhes com o Divino Juízo, e com a morte, se fossem comer o menino já batizado. Depois de alguns dias estando nós outros ausentes, o mataram com as costumadas solenidades, mas não o comeram, estando presentes alguns dos moradores; e outros que já haviam deixado mais altas raízes na Fé, foram para outros lugares, não querendo manchar os olhos com tal espetáculo. E também muito para espantar e dar muitas graças ao Todo-Poderoso Deus, que nem estes, nem os outros dos lugares vizinhos que já em algum tempo ouviram de nós outros, e ainda agora muitas vezes ouvem a palavra de Deus, não comam carne humana, não tendo eles sujeição alguma, nem medo dos cristãos.

Ainda contarei outro exemplo que dará muita alegria. Pouco há que cativaram outro, que levaram a um lugar para matar, e detendo-se uma noite em Piratininga, foram os irmãos a combatê-lo com as armas da palavra Divina, a ver se podiam tomar aquela fortaleza, que há tanto tempo havia estado ocupada de Satanás, e convertê-lo ao senhorio de nosso Salvador. Logo ao primeiro combate fugiu o demônio, que estava na sua alma, querendo perdê-lo para a Fé: era um moço que parecia ter quinze anos, de um bom natural, e respondia com tanta prontidão e fervor de coração às causas da Fé, que lhes perguntavam, que parecia havê-las aprendido: instruído pois pelos irmãos, foi advertido que se oferecesse com bom coração às injúrias que os índios lhe fizessem. No seguinte dia foi levado a outro lugar, e o seguiu o padre Afonso Braz à tarde, e os irmãos Manuel de Chaves e Gonçalo d'Oliveira, intérpretes. Perguntando-lhe depois o irmão Gonçalo, que tomou o cuidado de o instruir, como o haviam tratado, respondeu: "Uma vez somente me deram uma punhalada, mas recordando-me das tuas palavras, não a senti". Tomaram então os irmãos a seu cargo de o instruir mais perfeitamente na Fé, e defendê-lo dos que lhe quisessem fazer algumas injúrias, que naquele tempo costumavam fazer aos moços. Davam-lhe também uma moça, como era costume, para manceba e guardadora; mas os irmãos não o consentiram, e o mesmo o aborreceu muito, dizendo que nunca fora encasado com o pecado. Não faltaram índios que queriam o sacassem do poder dos escravos, e o enviassem para as casas a bailar toda a noite, e como não quisessem os escravos, lhes falaram palavras insolentes e injuriosas. Outros, passando junto do moço, lhe diziam: "Morrerás", que era palavra solene daquele tempo, o que ele não sentia; e como os irmãos o quisessem proibir, diziam-lhes que o deixassem, e já ele não sentia aquela cousa. À meia-noite o batizaram, estando mui bem instruído na Fé, e admoestado que se entregasse todo a Deus, e se esquecesse desta vida em que tão pouco havia de estar: mas o Senhor que o havia predestinado, *ab eterno*[17], estava já tão apoderado da sua alma, que não lhe deixava pensar nem dizer outra cousa. E porque o irmão Manuel de Chaves perguntasse que determinavam os inimigos, se nos queriam fazer guerra, como soíam, respondeu-lhe: — Oh, meu avô, deixa agora isso, que me quero ir para Deus. — Um pouco antes da manhã em que o haviam de matar, um índio de Piratininga, cristão mui estimado entre nós, fez uma fala ao redor dele e casas (como é costume) admoestando aos seus que deixassem aos irmãos fazer com o inimigo tudo que julgasse ser necessário para a sua alma, sem o que o teriam por inimigo e destruidor. Vindo a alva[18], quando a sua alma havia de ser vestida dos resplendores do Sol da Justiça, o levaram para o terreiro, estando presente uma grande multidão, atado pela cintura com cordas compridas pegando muitos por uma parte, e a outra toda solta, chegou-se a ele, o que o havia de matar, usando primeiro das suas cerimônias e ritos com a solene palavra "Morrerás". Gritaram-lhe os irmãos que se pusesse de joelhos, o que logo cumpriu, levantando os olhos e as mãos para os Céus, chamando pelo Santíssimo Nome de Jesus, lhe quebrou a cabeça com um pau, e voou a alma ditosa da glória imortal dos Céus. Praza ao Senhor que tal morte nos dê, sendo-nos quebrada a cabeça por amor de Cristo. Ao morto lhe tiraram as cordas, o deixaram sem fazer mais cousa alguma, e os irmãos o meteram em uma rede, e trazendo-o às costas para Piratininga, o enterraram na igreja para se entoar cânticos justos pela vinda do Senhor. Bendito seja Deus, cuja infinita sabedoria chama de diversas partes os seus escolhidos, para que ocupem o número daqueles que hão de ser admitidos à sorte dos filhos de Deus.

Dos moços que falei no princípio foram ensinados não só nos costumes cristãos, cuja vida quanto era mais diferente da de seus pais, tanto maior ocasião dava de louvar a Deus e de receber consolação, não queria fazer menção por não refrescar as chagas, que parecem algum tanto estar curadas; e daqueles direi somente, que chegando aos anos da puberdade, começaram a apoderar-se de si, vieram a tanta corrupção, que tanto excedem agora a seus pais em maldade, quanto antes em bondade, e com tanta maior sem-vergonha e desenfreamento se dão às borracheiras e luxúrias, quanto com maior modéstia e obediência se entregavam dantes aos costumes cristãos e divinas instruções. Trabalhamos muito com eles, para os reduzir ao caminho direito, nem nos espanta esta mudança, pois vemos que os mesmos cristãos procedem da mesma maneira.

---

17 *ab eterno*: do latim, "desde a eternidade". (N.O.)
18 alva: primeira claridade da manhã, aurora. (N.O.)

Quanto aos índios do sertão, muitas vezes estamos em guerra com eles, e suas ameaças sempre padecemos: mataram há poucos dias a alguns portugueses que vinham do Paraguai, ficando ensoberbecidos com esta maldade, ameaçando-nos com a morte. Também os inimigos com contínuos assaltos que dão nos lugares, destroem os mantimentos, e levam a muitos cativos. No ano passado deram em uma casa aqui junto da vila, e cativaram muitas mulheres que tinham saído de casa, e iam fugindo: embarcando-se nas canoas as levaram, mas entre aquelas uma mestiça, que frequentava aqui a doutrina e confissões, com ânimo varonil resistiu aos inimigos para a não levarem, e como trabalhassem muito para a embarcar, e não podiam conseguir, a mataram com feias feridas, e é de supor que ela obraria com aquela intenção, que muitas vezes dizia às outras que andavam na mesma doutrina, principalmente um dia antes que a matassem, quando se despedira delas, a quem costumava dizer, que, se os contrários dessem em casa de seu padre e a cativassem, não havia de se deixar levar viva, para que a não tomassem por manceba, como faziam a todas as outras, porque se havia de deixar antes matar do que ir com eles, pois sabia de certo que corria perigo padecer força a sua castidade.

Antes disto vieram outros, e, com eles, quatro franceses, que, com o pretexto de ajudar aos inimigos na guerra, se queriam passar para nós outros, o que não puderam fazer sem muito perigo. Estes, como depois se supôs, apartaram-se dos seus, que estão entre os inimigos em uma povoação que chamamos Rio de Janeiro,[19] daqui a cinquenta léguas, e têm trato com eles; fizeram casas, e edificaram uma torre mui provida de artilharia, e forte de todas as partes, onde se dizia serem mandados por El-rei de França assenhorearem-se daquela terra. Todos eles eram hereges, aos quais mandou João Calvino[20] dois que lhes chamam Ministros, para lhes ensinar o que haviam de ter e crer. Daí a pouco tempo, como é costume dos hereges, começaram a ter diversas opiniões uns dos outros, mas concordavam nisto que servissem a Calvino e a outros letrados, e logo que eles respondessem isto, guardariam todos. Neste mesmo tempo um deles[21] ensinava as artes liberais, grego e hebraico, e era mui versado na

---

19 Daqui até o final da carta, Anchieta refere-se ao episódio da França Antártica. Suas interpretações acerca da participação protestante nos acontecimentos naturalmente se devem à sua condição de jesuíta. (N.O.)

20 **João Calvino:** aportuguesamento de *Jean Calvin*, teólogo francês (1509-1564), um dos principais líderes da Reforma Protestante na França. (N.O.)

21 Trata-se de Jean de Boulez, personagem também mencionado por Jean de Léry, no capítulo VI de *Viagem à terra do Brasil*. Foi expulso da colônia francesa por Villegaignon e uniu-se aos portugueses, ajudando-os na tomada do forte de Coligny. Entretanto, sofreu processo eclesiástico pela prática de heresia, conforme o próprio Anchieta relata. (N.O.)

Sagrada Escritura, e por medo do seu capitão que tinha diversa opinião, ou por querer semear os seus erros entre os portugueses, uniu-se aqui com outros três companheiros idiotas, os quais como hóspedes e peregrinos foram recebidos e tratados mui benignamente. Este que sabe bem a língua espanhola, começou logo a blasonar que era fidalgo e letrado, e com esta opinião, e uma fácil e alegre conversação que tem, fazia espantar os homens para o estimarem. Escreveu também uma breve carta ao padre Luiz da Grã, que então estava em Piratininga, na qual lhe dava conta de quem era, e o que havia aprendido, dizendo que depois que o mestre de sua adolescência, varão singular, o havia metido nas escolas das Pierides[22], havia bebido da fonte cabalina[23] ameníssimos arroios de sabedoria, e se havia passado ao estudo da Sacra Teologia e Divina Escritura, a qual para mais facilmente poder alcançar, havia aprendido a língua sacra, isto é, a hebreia, dos mesmos rabis[24], dos quais tinha ouvido de muitos peritos, e que praticaria com o padre quando se vissem. Estas cousas quase compreendia no fim da Epístola, que concluiu com um dístico. Passaram-se muitos dias quando começou a arrotar do seu estômago cheio de fedor dos seus erros, dizendo muitas cousas sobre as imagens dos Santos, e o que aprovava a Santa Igreja do Sacratíssimo Corpo de Cristo, do Romano Pontífice, das Indulgências, e outras muitas que adubava com certo sal de graça, de maneira que ao paladar do povo ignorante não só não pareciam amargas, mas mesmo doces.

Sabendo isto o padre Luiz da Grã, veio logo de Piratininga a opor-se à pestilência, e arrancar as raízes inteiras deste mal que começava o brotar. Tendo receio disto, e pensando que tal bastasse para indignar o padre, e torná-lo suspeito, se porventura fugisse dele, mandou-lhe logo uma invectiva, cujo princípio era este: *Adeste mihi coelitus, afferte mihi gladios ancipites ad faciendam vindictam in Luduvicum Dei osorem etc.*[25], na qual o acusava e repreendia mui grandemente porque não repartia o pão da doutrina com os portugueses, por trabalhar na conversão dos infiéis, e disto se nos amontoou muitas outras cousas, com que esperava se exasperaria o

---

22 **Pierides:** ou *Piérides*, na mitologia grega, as nove ninfas que tinham o dom do canto e da poesia. Por desafiarem as musas (deusas) a uma competição, foram transformadas em aves, como castigo por ousarem se comparar aos deuses. (N.O.)

23 **fonte cabalina:** ou Hipocrene, na mitologia grega, a fonte que o cavalo Pégaso fez surgir no monte Hélicon ao feri-lo com a pata; em sentido figurado, símbolo de inspiração. (N.O.)

24 **rabi:** o mesmo que rabino, líder religioso de comunidade judaica. (N.O.)

25 ***Adeste mihi coelitus, afferte mihi gladios ancipites ad faciendam vindictam in Luduvicum Dei osorem etc.:*** do latim, "Socorrei-me, dos Céus, trazei-me espadas de dois gumes para vingar-me de Luiz que odeia a Deus, etc.". (N.O.)

padre. Mas o padre que tratava da causa de Deus não fugiu, tendo mais respeito à comum salvação de todos, que à sua própria glória; foi ao vigário, requerendo que não deixasse ir adiante esta peçonha luterana, e com sermões públicos admoestasse ao povo que se acautelasse daqueles homens, e dos livros que trouxeram cheios de heresias. Porém o vulgo imperito, em frequentes práticas, louvava aos franceses, maravilhando-se de sua sabedoria e eloquência, apregoando os conhecimentos que tinham dos atos liberais, e pelo contrário caluniava ao padre Luiz da Grã, dizendo, que enojado pela invectiva que lhe mandara, o perseguia. E o que é mais, já a pestilência pouco a pouco grassava nos corações incautos da imperita multidão, que sem dúvida muitos se infeccionaram da peçonha mortal, sem haver a menor resistência. Tanto valeu de repente a sua autoridade diante de todos, que muito se diminuiu a do padre, que todos tinham em muita reputação, por seu exemplo de vida e singular doutrina. Depois disto o mandaram para a Bahia, para lá se conhecer mais amplamente da sua causa, e o que lá e aqui se fez acerca dele, e para que por cartas particulares se saiba e não é cousa que convenha para carta geral, calarei: somente direi que se tratou a cousa de maneira, que terá Vossa Paternidade ocasião de grande dor, considerando quão pouco-caso se fez entre os cristãos fiéis da causa da Fé.

Deste, soube o governador os projetos dos franceses e com naus armadas veio combater a fortaleza. Daqui foi socorro em navios e canoas, e nós outros demos o costumado socorro de orações, além das particulares que fazia cada um: diziam-se cada dia umas litanias[26] na Igreja, acabada a missa: também se mandou daqui um padre, com o irmão intérprete, a rogos do governador, para que se ocupasse em confessar os soldados, e ensinar aos índios que com eles haviam vindo. Voltou o irmão mui doente de febres e câmeras de sangue[27], pelo muito trabalho e frio que sofreu, mas logo sarou pelo favor da Divina Bondade.

Era a fortaleza mui forte, assim pela natureza e situação do lugar, toda cercada de penhas[28], que se não podia entrar senão por uma subida estreita e alta por rochas, como pela muita artilharia, armas, alimentos, e grande multidão de bárbaros que tinha, de maneira que pelo juízo de todos era inexpugnável. Acometeram com tudo isto por mar e por terra, confia-

---

26 **litania**: o mesmo que ladainha, prece que consta de uma série de invocações curtas recitadas pelo celebrante e alternadas por respostas da congregação. (N.O.)
27 **câmera de sangue**: diarreia sanguinolenta. (N.O.)
28 **penha**: grande massa de rocha saliente e isolada; penhasco. (N.O.)

dos no Poder Divino e no seu próprio: defendiam-se os franceses com os inimigos, travando-se grande e cruel peleja: de ambas as partes morreram muitos, e os mais deles dos nossos, e veio a tanto, que já tinham perdida a esperança da vitória, e tomaram conselho como sem perigo se poderiam embarcar e transportar as munições que estavam em terra, como pelos perigos, o que por certo não puderam fazer sem morrerem muitos; mas tendo os nossos cometido cousa tão árdua, e ao parecer de quase todos temerária, pela justiça e fé foram ajudados do Senhor dos Exércitos, e quando já nos navios não havia pólvora, e os que pelejavam em terra estavam desfalecidos pelo muito trabalho, fugiram os franceses, desampararam a torre, recolhendo-se às povoações dos bárbaros em canoas, de maneira que é de crer que muitos fugiram mais com o espanto que lhes pôs o Senhor que com as forças humanas. Tomou-se, pois, a fortaleza, em que se achou grande cópia de cousas da guerra e mantimentos, mas cruz alguma, imagem de Santo, ou sinal algum de católica doutrina se não achou, mas grande multidão de livros heréticos, entre os quais (se por ventura isto é sinal de sua reta Fé) se achou um missal[29] com imagens roídas. Socorra o Senhor as suas ovelhas.

Com o governador veio o padre Manuel da Nóbrega, mui doente, magro, com os pés e cara inchada, pernas cheias de postemas[30], e com outras muitas enfermidades, das quais, como aqui chegou, começou a se achar melhor, e esperamos na bondade do Senhor que pouco a pouco lhe irá dando saúde. Os irmãos também adoecem às vezes, mas em breve tempo convalescem; os quais com entender com a saúde dos próximos muito mais trabalham pela sua, servindo ao Senhor com alegria, dando-se aos sólitos exercícios da oração, obediência e humildade, e exortando-se com muitas práticas à virtude. A maior parte está sempre em Piratininga, onde alguns filhos de Portugal aprendem gramática: aqui estão sempre dois sacerdotes. O padre Luiz da Grã não tem assento firme para melhor acudir a todos: agora está em Piratininga, onde há muitos portugueses com toda a sua família, e aí e em outros lugares vizinhos trabalha na doutrina dos índios, agora aqui, e em outros lugares ao derredor procurando o proveito espiritual dos portugueses e seus escravos. Há pouco recebemos cartas em que se lhe encomendava o cargo desta província, o que ele disse aos irmãos, chamando a todos na Igreja, e mandando-os sentar, posto ele de joelhos, acusando-se gravemente, afirmando não ser apto para tal

---

29 **missal**: livro que contém as orações das missas celebradas durante o ano. (N.O.)
30 **postema**: ou *apostema*, abscesso, acúmulo de pus devido a inflamação. (N.O.)

cargo, e depois prostrado por terra, beijando os pés a todos os irmãos. Isto é, Reverendo em Cristo Padre, o que queria saber daqui; resta que com assíduos rogos encomende a Nosso Senhor estes mínimos filhos da Companhia, para que possamos conhecer e perfeitamente cumprir sua Santíssima Vontade.

Colégio da Ilha de São Vicente, ano de 1560, o 1º de junho.

Mínimo da Companhia de Jesus.

Pero de Magalhães Gândavo
A PRIMEIRA OBRA HISTORIOGRÁFICA

Pero de Magalhães Gândavo nasceu na cidade de Braga, em Portugal, em data incerta. Acredita-se que era filho de um mercador flamengo, originário da cidade de Gand, da qual o seu sobrenome seria uma versão latinizada. Especialista em latim e português, foi professor dessas duas disciplinas na sua cidade natal. Escreveu um tratado de ortografia, em que defendeu a língua portuguesa, num momento em que a autonomia do reino lusitano estava ameaçada pela Espanha (1572).

Nesse mesmo livro, fez o elogio de *Os lusíadas*, a epopeia de Luís de Camões, de quem era amigo e sobre o qual profetizou ser um "poeta de cuja a fama o tempo nunca triunfará". Quando foi publicada a *História da Província de Santa Cruz*, em 1576, o poeta retribuiu o elogio: "Tem claro estilo e engenho curioso/ Para poder de vós ser recebido,/ Com mão benigna de ânimo amoroso".

Gândavo foi nomeado provedor-mor no Brasil, onde deve ter permanecido aproximadamente seis anos, durante a administração de Mem de Sá (1557-1572). Retornando a Portugal, foi designado copista da Torre do Tombo. Em 1576, dom Sebastião nomeou-o provedor da Fazenda da capitania da Bahia por um período de seis anos, concedendo-lhe um ordenado anual de 30 mil reais. A partir dessa data não se têm mais notícias suas. Nem mesmo de sua morte existe registro.

Em sua obra, que o tornou nosso primeiro historiador, Gândavo fez questão de relatar o descobrimento da Terra de Santa Cruz, antes de descrevê-la. Sua versão da viagem de Cabral acabou reforçando durante séculos a teoria da descoberta ocasional do país devido às famosas calmarias. Mas a obra registra ainda a criação do sistema das capitanias hereditárias e descreve detalhadamente cada uma delas.

Primeiro livro de um autor português exclusivamente sobre o Brasil, a *História da Província de Santa Cruz* acabou tendo também um papel incentivador da imigração para o Brasil com as descrições das cidades, de casas confortáveis, como as de Portugal, e onde todos, ou quase todos, "têm suas terras de sesmaria dadas e repartidas pelos capitães e governadores da terra". Segundo seu texto, as condições de vida na província de Santa Cruz eram muito melhores do que em Portugal, pois "nenhum pobre anda pelas portas a mendigar como nestes reinos".

Conforme o historiador português Jorge Couto, para Gândavo, a

> [...] província de Santa Cruz oferecia uma alternativa mais consistente para a melhoria de vida das famílias pobres do Reino do que os aleatórios 'fumos da Índia'. O humanista bracarense teve a lucidez de acentuar que o futuro de Portugal se situava no Atlântico e não no Oriente.

História da Província de Santa Cruz

> Estudioso de gramática e amigo de Camões, Gândavo foi o primeiro historiador do Brasil. Sua obra é um abrangente panorama da vida na Colônia, que ele expõe com empenho de propagandista.

Capítulo I

> De como se descobriu esta província, e a razão por que se deve chamar Santa Cruz, e não Brasil.

Reinando aquele mui católico e sereníssimo príncipe el-rei D. Manuel, fez-se uma frota para a Índia, de que ia por capitão-mor Pedro Álvares Cabral: que foi a segunda navegação que fizeram os portugueses para aquelas partes do Oriente. A qual partiu da cidade de Lisboa a 9 de março no ano de 1500. E sendo já entre as ilhas de Cabo Verde (as quais iam demandar para fazer aí aguada), deu-lhes um temporal, que foi causa de as não poderem tomar e de se apartarem alguns navios da companhia. E depois de haver bonança junta outra vez a frota, empegaram-se[1] ao mar, tanto por fugirem das calmarias de Guiné, que lhes podiam estorvar sua viagem, como por lhes ficar largo[2] poderem dobrar o cabo de Boa Esperança. E havendo já um mês que iam naquela volta navegando com vento próspero, foram dar na costa desta província: ao longo da qual cortaram todo aquele dia, parecendo a todos que era alguma grande ilha que ali estava, sem haver piloto, nem outra pessoa alguma que tivesse notícia dela, nem que presumisse que podia estar terra firme para aquela parte ocidental. E no lugar que lhes pareceu dela mais acomodado surgiram aquela tarde, onde logo tiveram vista da gente da terra: de cuja semelhança não ficaram pouco admirados, porque era diferente da de Guiné e fora

---

1 **empegar-se**: dirigir-se à parte mais funda de um rio ou do mar. (N.O.)
2 **ficar largo**: ficar distante, fora de alcance. (N.O.)

do comum parecer de toda outra que tinham visto. Estando assim surtos nesta parte que digo, saltou aquela noite com eles tanto tempo que lhes foi forçado levarem as âncoras, e com aquele vento, que lhes era largo por aquele rumo, foram correndo a costa até chegarem a um porto limpo e de bom surgidouro[3], onde entraram: ao qual puseram então este nome, que hoje em dia tem de Porto Seguro, por lhes dar colheita e os assegurar do perigo da tempestade que levavam. Ao outro dia seguinte saiu Pedro Álvares em terra com a maior parte da gente: na qual se disse logo missa cantada, e houve pregação: e os índios da terra que ali se ajuntaram ouviam tudo com muita quietação, usando de todos os atos e cerimônias que viam fazer aos nossos. E assim se punham de joelhos e batiam nos peitos, como se tiveram lume de fé, ou que por alguma via lhes fora revelado aquele grande e inefável mistério do Santíssimo Sacramento. No que mostravam claramente estarem dispostos para receberem a doutrina cristã a todo tempo que lhes fosse denunciada como gente que não tinha impedimento de ídolos, nem professava outra lei alguma que pudesse contradizer a esta nossa, como adiante se verá no capítulo que trata de seus costumes. Então despediu logo Pedro Álvares um navio com a nova a el-rei D. Manuel, a qual foi dele recebida com muito prazer e contentamento: e daí por diante começou logo de mandar alguns navios a estas partes, e assim se foi a terra descobrindo pouco a pouco e conhecendo de cada vez mais, até que depois se veio toda a repartir em capitanias e a povoar da maneira que agora está. E tornando a Pedro Álvares, seu descobridor, passados alguns dias que ali esteve fazendo sua aguada e esperando por tempo que lhe servisse, antes de se partir, por deixar nome aquela província, por ele novamente descoberta, mandou alçar uma cruz no mais alto lugar de uma árvore, onde foi arvorada com grande solenidade e bênçãos de sacerdotes que levava em sua companhia, dando à terra este nome de Santa Cruz: cuja festa celebrava naquele mesmo dia a Santa Madre Igreja (que era aos 3 de maio). O que não parece carecer de mistério, porque assim como nestes reinos de Portugal trazem a cruz no peito por insígnia da Ordem e cavalaria de Cristo, assim prouve a ele que esta terra se descobrisse a tempo que o tal nome lhe pudesse ser dado neste santo dia, pois havia de ser possuída de portugueses e ficar por herança de patrimônio ao mestrado da mesma Ordem de Cristo. Por onde não parece razão que lhe neguemos este nome, nem que nos esqueçamos dele tão indevidamente por outro que lhe deu o vulgo mal considerado, depois

---

3 **surgidouro:** ancoragem, ou lugar onde se ancoram embarcações. (N.O.)

que o pau-da-tinta começou de vir a estes reinos. Ao qual chamaram brasil por ser vermelho e ter semelhança de brasa, e daqui ficou a terra com este nome de Brasil. Mas para que nesta parte magoemos ao Demônio, que tanto trabalhou e trabalha por extinguir a memória da Santa Cruz, e desterrá-la dos corações dos homens (mediante a qual fomos redimidos e livrados do poder de sua tirania), tornemos-lhe a restituir seu nome, e chamemos-lhe província de Santa Cruz como em princípio (que assim o admoesta também aquele ilustre e famoso escritor João de Barros[4] na sua primeira *Década*, tratando deste mesmo descobrimento). Porque na verdade mais é de estimar e melhor soa nos ouvidos da gente cristã o nome de um pau em que se obrou o mistério de nossa redenção que o doutro que não serve de mais que de tingir panos ou coisas semelhantes.[5]

Capítulo III

Das capitanias e povoações de portugueses que há nesta província.

Tem esta província, assim como vai lançada da linha equinocial para o sul, oito capitanias povoadas de portugueses, que contém cada uma em si, pouco mais ou menos, cinquenta léguas de costa, e demarcam-se umas das outras por uma linha leste-oeste: e assim ficam limitadas por estes termos entre o mar oceano e a linha da repartição geral dos reis de Portugal e Castela.[6] As quais capitanias el-rei D. João o terceiro, desejoso de plantar nestas partes a religião cristã, ordenou em seu tempo, escolhendo para o governo de cada uma delas vassalos seus de sangue e merecimento em que cabia esta confiança. Os quais edificaram suas povoações ao longo da costa nos lugares mais convenientes e acomodados que lhes pareceu para a vivenda dos moradores. Todas estão já mui povoadas de gente, e nas par-

---

4 **João de Barros:** escritor e historiador português (c. 1496-1570), autor de *Décadas da Ásia*, obra inacabada que narrava a expansão ultramarina dos portugueses. (N.O.)

5 Durante o século XVI o Brasil teve diversas denominações: Terra de Santa Cruz, Terra de Vera Cruz, Ilha de Vera Cruz, Terra Nova, Terra dos Papagaios, Terra do Pau-Brasil, Ilha da Cruz e Terra do Brasil. (N.O.)

6 Gândavo faz referência ao Tratado de Tordesilhas, assinado em 1494, que traçou um meridiano imaginário a 370 léguas a oeste do arquipélago de Cabo Verde. As terras que estivessem além desse meridiano pertenceriam à Espanha, e aquelas que estivessem a leste ficariam com Portugal. (N.O.)

tes mais importantes guarnecidas de muita e mui grossa artilharia, que as defende e assegura dos inimigos, tanto da parte do mar como da terra. Junto dela havia muitos índios quando os portugueses começaram de as povoar: mas porque os mesmos índios se levantavam contra eles e faziam-lhes muitas traições, os governadores e capitães da terra destruíram-nos pouco a pouco e mataram muitos deles: outros fugiram para o sertão, e assim ficou a terra desocupada de gentio ao longo das povoações.[7] Algumas aldeias destes índios ficaram todavia ao redor delas, que são de paz e amigos dos portugueses que habitam estas capitanias. E para que de todas no presente capítulo faça menção, não farei por ora mais que referir de caminho[8] os nomes dos primeiros capitães que as conquistaram, e tratar precisamente das povoações, sítios e portos onde residem os portugueses, nomeando cada uma delas em especial, assim como vão do norte para o sul, na maneira seguinte.

A primeira e mais antiga se chama Tamaracá, a qual tomou este nome de uma ilha pequena onde sua povoação está situada. Pero Lopes de Sousa foi o primeiro que a conquistou e livrou dos franceses, em cujo poder estava quando a foi povoar: esta ilha em que os moradores habitam divide da terra firme um braço de mar que a rodeia, onde também se ajuntam alguns rios que vêm do sertão. E assim ficam duas barras lançadas cada uma para sua banda e a ilha em meio: por uma das quais entram navios grossos e de toda sorte e vão ancorar junto da povoação que está daí meia légua pouco mais ou menos. Também pela outra que fica da banda do norte se servem algumas embarcações pequenas, a qual por causa de ser baixa não sofre outras maiores. Desta ilha para o norte tem esta capitania terras mui largas e viçosas, nas quais hoje em dia estiveram feitas grossas fazendas, e os moradores foram em muito mais crescimento, e floresceram tanto em prosperidade como em cada uma das outras, se o mesmo capitão Pero Lopes residira nela mais alguns anos e não a desamparara no tempo que a começou de povoar.

A segunda capitania que adiante se segue se chama Pernambuco: a qual conquistou Duarte Coelho, e edificou sua principal povoação em um alto à vista do mar, que está cinco léguas desta ilha de Tamaracá, em altura de oito graus. Chama-se Olinda, é uma das mais nobres e populosas vilas que há nestas partes. Cinco léguas pela terra dentro está outra povoação

---

[7] O massacre das tribos do litoral é omitido pelo cronista. Imputa aos próprios indígenas a causa do despovoamento de algumas partes da costa do Brasil. (N.O.)

[8] **de caminho:** de passagem. (N.O.)

chamada Igarassu, que por outro nome se diz a vila dos Cosmos. E além dos moradores que habitam estas vilas há outros muitos que pelos engenhos e fazendas estão espalhados, assim nesta como nas outras capitanias de que a terra comarcã[9] toda está povoada. Esta é uma das melhores terras e que mais tem realçado os moradores que todas as outras capitanias desta província: os quais foram sempre mui favorecidos e ajudados dos índios da terra, de que alcançaram muitos infinitos escravos com que granjeiam suas fazendas. E a causa principal de ela ir sempre tanto avante no crescimento da gente foi por residir continuamente nela o mesmo capitão que a conquistou e ser mais frequentada de navios deste reino por estar mais perto dele que cada uma das outras que adiante se seguem. Uma légua da povoação de Olinda para o sul está um arrecife, ou baixo de pedras, que é o porto onde entram as embarcações. Tem a servência pela praia e também por um rio pequeno que passa por junto da mesma povoação.

A terceira capitania que adiante se segue é a da Bahia de Todos os Santos, terra del-rei nosso senhor; na qual residem o governador e bispo, e ouvidor-geral de toda a costa. O primeiro capitão que a conquistou e que a começou a povoar foi Francisco Pereira Coutinho, ao qual desbarataram os índios, com a força da muita guerra que lhe fizeram, a cujo ímpeto não pôde resistir, pela multidão dos inimigos que então se conjuraram por todas aquelas partes contra os portugueses. Depois disto, tornou a ser restituída e outra vez povoada por Tomé de Sousa, o primeiro governador-geral que foi a estas partes. E daqui por diante foram sempre os moradores multiplicando com muito acrescentamento de suas fazendas. E assim uma das capitanias que agora está mais povoada de portugueses de quantas há nesta província é esta da Bahia de Todos os Santos. Tem três povoações mui nobres e de muitos vizinhos, as quais estão distantes das de Pernambuco cem léguas, em altura de treze graus. A principal, onde residem os do governo da terra e a mais da gente nobre é a cidade do Salvador. Outra está junto da barra, a qual chamam Vila Velha, que foi a primeira povoação que houve nesta capitania. Depois Tomé de Sousa, sendo governador, edificou a cidade do Salvador mais adiante meia légua, por ser lugar mais decente e proveitoso para os moradores da terra. Quatro léguas pela terra dentro está outra que se chama Paripe, que também tem jurisdição sobre si como cada uma das outras. Todas estas povoações estão situadas ao longo de uma baía mui grande e formosa, onde podem entrar seguramente quaisquer naus por grandes que sejam; a qual é três

---

9   **terra comarcã**: terra pertencente à comarca. (N.O.)

léguas de largo, e navega-se quinze por ela dentro. Tem dentro em si muitas ilhas de terras mui singulares. Divide-se em muitas partes e tem muitos braços e enseadas por onde os moradores se servem em barcos para suas fazendas.

A quarta capitania, que é a dos Ilhéus, se deu a Jorge de Figueiredo Correia, fidalgo da casa del-rei nosso senhor: e por seu mandado a foi povoar um João de Almeida, o qual edificou sua povoação trinta léguas da Bahia de Todos os Santos, em altura de catorze graus e dois terços. Esta povoação é uma vila mui formosa e de muitos vizinhos, a qual está em cima de uma ladeira à vista do mar, situada ao longo de um rio onde entram os navios. Este rio também se divide pela terra dentro em muitas partes, junto do qual têm os moradores da terra toda a granjearia de suas fazendas: para as quais se servem por ele em barcos e almadias como os da Bahia de Todos os Santos.

A quinta capitania, a que chamam Porto Seguro, conquistou Pero do Campo Tourinho. Tem duas povoações que estão distantes da dos Ilhéus trinta léguas em altura de dezesseis graus e meio: entre as quais se mete um rio que faz um arrecife na boca como enseada, onde os navios entram. A principal povoação está situada em dois lugares, convém a saber, parte dela em um teso[10] soberbo que fica sobre o rolo do mar[11], da banda do norte, e parte em uma várzea que fica pegada com o rio. A outra povoação, a que chamam Santo Amaro, está uma légua deste rio para o sul. Duas léguas deste mesmo arrecife, para o norte, está outro, que é o porto onde entrou a frota quando esta província se descobriu. E porque então lhe foi posto este nome de Porto Seguro, como atrás deixo declarado, ficou daí a capitania com o mesmo nome: e por isso se diz Porto Seguro.

A sexta capitania é a do Espírito Santo, a qual conquistou Vasco Fernandes Coutinho. Sua povoação está situada em uma ilha pequena, que fica distante das povoações de Porto Seguro sessenta léguas, em altura de vinte graus. Esta ilha jaz dentro de um rio mui grande, de cuja barra dista uma légua pelo sertão dentro: no qual se mata infinito peixe, e pelo conseguinte na terra infinita caça, de que os moradores continuamente são mui abastados. E assim é esta a mais fértil capitania e melhor provida de todos os mantimentos da terra que outra alguma que haja na costa.

A sétima capitania é a do Rio de Janeiro: a qual conquistou Mem de Sá, e à força de armas, oferecido a mui perigosos combates, a livrou dos fran-

---

10 **teso:** neste caso, significa elevação íngreme, despenhadeiro. (N.O.)
11 **rolo do mar:** porção do mar que forma ondas e quebra na praia. (N.O.)

ceses que a ocupavam, sendo governador-geral destas partes. Tem uma povoação a que chamam São Sebastião, cidade mui nobre e povoada de muitos vizinhos, a qual está distante da do Espírito Santo setenta e cinco léguas, em altura de vinte e três graus. Esta povoação está junto da barra, edificada ao longo de um braço de mar: o qual entra sete léguas pela terra dentro, e tem cinco de travessa na parte mais larga, e na boca onde é mais estreito haverá um terço de légua. No meio desta barra está uma lájea[12] que tem cinquenta e seis braças de comprido e vinte e seis de largo: na qual se pode fazer uma fortaleza para defensão[13] da terra, se cumprir. Esta é uma das mais seguras e melhores barras que há nestas partes, pela qual podem quaisquer naus entrar e sair a todo tempo sem temor de nenhum perigo. E assim as terras que há nesta capitania também são as melhores e mais aparelhadas para enriquecerem os moradores de todas quantas há nesta província: e os que lá forem viver com esta esperança não creio que se acharão enganados.

A última capitania é a de São Vicente, a qual conquistou Martim Afonso de Sousa: tem quatro povoações. Duas delas estão situadas em uma ilha que divide um braço de mar da terra firme à maneira de rio. Estão estas povoações distantes do Rio de Janeiro quarenta e cinco léguas, em altura de vinte e quatro graus. Este braço de mar que cerca esta ilha tem duas barras, cada uma para sua parte. Uma delas é baixa e não muito grande, por onde não podem entrar senão embarcações pequenas: ao longo da qual está edificada a mais antiga povoação de todas a que chamam São Vicente. Uma légua e meia da outra barra (que é a principal por onde entram os navios grossos e embarcações de toda maneira que vêm a esta capitania) está a outra povoação chamada Santos, onde por respeito destas escalas reside o capitão, ou seu lugar-tenente, com os oficiais do conselho e governo da terra. Cinco léguas para o sul há outra povoação a que chamam Itanhaém. Outra está doze léguas pela terra dentro chamada São Paulo, que edificaram os padres da Companhia, onde há muitos vizinhos, a maior parte deles são nascidos das índias naturais da terra e filhos de portugueses. Também está outra ilha a par desta da banda do norte, a qual divide da terra firme outro braço de mar que se vem ajuntar com este: em cuja barra estão feitas duas fortalezas, cada uma de sua banda, que defendem esta capitania dos índios corsários do mar com artilharia de que estão mui bem apercebidas. Por esta barra se serviam antigamente,

---

12 **lájea:** o mesmo que laje, pedra de superfície plana. (N.O.)
13 **defensão:** defesa. (N.O.)

que é o lugar por onde costumavam os inimigos de fazer muito dano aos moradores. Outras muitas povoações há por todas estas capitanias, além destas de que tratei, onde residem muitos portugueses; das quais não quis aqui fazer menção, por não ser meu intento dar notícia senão daquelas mais assinaladas, que são as que têm oficiais de justiça e jurisdição sobre si como qualquer vila ou cidade destes reinos.

Capítulo IV

> Da governança que os moradores destas capitanias têm nestas partes e a maneira de como se hão em seu modo de viver.

Depois que esta província de Santa Cruz se começou de povoar de portugueses, sempre esteve instituída em uma governança, na qual assistia governador-geral por el-rei nosso senhor com alçada sobre os outros capitães que residem em cada capitania. Mas porque de umas a outras há muita distância, e a gente vai em muito crescimento, repartiu-se agora em duas governações, convém a saber, da capitania de Porto Seguro para o norte fica uma, e da do Espírito Santo para o sul fica outra: e em cada uma delas assiste seu governador com a mesma alçada. O da banda do norte reside na Bahia de Todos os Santos e o da banda do sul no Rio de Janeiro.[14] E assim fica cada um em meio de suas jurisdições, para desta maneira poderem os moradores da terra ser melhor governados e à custa de menos trabalho. E vindo ao que toca ao governo de vida e sustentação destes moradores, quanto às casas em que vivem, de cada vez se vão fazendo mais custosas e de melhores edifícios; porque em princípio não havia outras na terra senão de taipa e térreas, cobertas somente com palma. E agora há já muitas sobradadas e de pedra e cal, telhadas e forradas como

---

14 Em 1570 a Coroa portuguesa resolveu dividir o Brasil em dois governos-gerais: um indo de Pernambuco a Porto Seguro, com capital em Salvador; e outro de Ilhéus até o sul, com capital no Rio de Janeiro. A divisão ocorreu, segundo a Coroa, pois "sendo as terras da costa do Brasil tão grandes e distantes uma das outras e haver já agora nelas muitas povoações e esperanças de se fazerem muitas mais pelo tempo em diante, não podiam ser tão inteiramente governadas como cumpria, por um só governador, como até aqui nelas houve". (N.O.)

as deste reino, das quais há ruas mui compridas e formosas nas mais das povoações de que fiz menção. E assim antes de muito tempo (segundo a gente vai crescendo) se espera que haja outros muitos edifícios e templos mui suntuosos com que de todo se acabe nesta parte a terra de enobrecer. Os mais dos moradores que por estas capitanias estão espalhados, ou quase todos, têm suas terras de sesmaria dadas e repartidas pelos capitães e governadores da terra. E a primeira coisa que pretendem adquirir são escravos para nelas lhes fazerem suas fazendas: e se uma pessoa chega na terra a alcançar dois pares, ou meia dúzia deles (ainda que outra coisa não tenha de seu), logo tem remédio para poder honradamente sustentar sua família; porque um lhe pesca, e outro lhe caça, os outros lhe cultivam e granjeiam suas roças, e desta maneira não fazem os homens despesa em mantimentos com seus escravos, nem com suas pessoas. Pois daqui se pode inferir quanto mais serão acrescentadas as fazendas daqueles que tiverem duzentos, trezentos escravos, como há muitos moradores na terra que não têm menos desta quantia e daí para cima. Estes moradores todos pela maior parte se tratam muito bem, e folgam de ajudar uns aos outros com seus escravos, e favorecem muito os pobres que começam a viver na terra.[15] Isto geralmente se costuma nestas partes, e fazem outras muitas obras pias, por onde todos têm remédio de vida e nenhum pobre anda pelas portas a mendigar como nestes reinos.

---

15 Em 1576, data do escrito de Gândavo, a escravidão – tanto dos indígenas como dos negros – já era considerada essencial para o funcionamento da economia colonial. (N.O.)

Fernão Cardim
O BRASIL EM TÓPICOS

O padre jesuíta Fernão Cardim nasceu em Viana de Alvito, Portugal, em 1548 ou 1549. Entrou para a Companhia de Jesus em fevereiro de 1566. Passou mais de vinte anos como irmão e posteriormente padre em Portugal. Em 1583, acompanhou o padre visitador Cristóvão de Gouveia na viagem ao Brasil. No mesmo navio embarcou o primeiro governador-geral do Brasil nomeado por Filipe II, três anos após o início do domínio espanhol de Portugal. Cardim acompanhou o visitador pela Bahia, Pernambuco, Rio de Janeiro, São Vicente, chegando até Itanhaém. Viajou junto com Anchieta para o sul do Brasil e assistiu às festas em homenagem ao trigésimo aniversário da cidade de São Paulo.

Dois anos depois o visitador voltou a Portugal, mas Fernão Cardim aqui permaneceu. Passou alguns anos no Rio de Janeiro e, em 1598, partiu para a Europa após ter sido eleito procurador da província do Brasil. Levou consigo os manuscritos dos livros que fazem parte dos *Tratados da terra e gente do Brasil*. Quando para cá retornava, em 1601, seu navio foi capturado pelo pirata inglês Francis Cook. Levado prisioneiro para a Inglaterra, acabou, depois de vários meses, regressando a Portugal, mas sem os manuscritos, vendidos por Cook a um editor que traduziu as duas primeiras partes para o inglês e as publicou em 1605, sob o título *A treatise of Brazil written by a Portugall which hand long lived there*.

Em 1604, Fernão Cardim voltou ao Brasil. Permaneceu muitos anos em Salvador. Morreu em 1625, em Abrantes, fugindo dos holandeses que ocupavam a capital da Bahia. Em vida não publicou por vontade própria nenhum dos livros que compõem os *Tratados da terra e gente do Brasil*.

Os *Tratados da terra e gente do Brasil* foram publicados na íntegra pela primeira vez em 1925, reunindo os livros I (*Do clima e terra do Brasil*), II (*Do princípio e origem dos índios do Brasil*) e III (*Narrativa epistolar de uma viagem e missão jesuítica*).

Tratados da terra e gente do Brasil

> Em verbetes informativos sobre a fauna, a flora e os habitantes do Brasil, os tratados desse jesuíta revelam planejamento e organização metodológica para traçar um painel completo da Colônia.

Das árvores de fruto

Acaju — Estas árvores são muito grandes, e formosas, perdem a folha em seus tempos, e a flor se dá nos cachos que fazem umas pontas como dedos, e nas ditas pontas nasce uma flor vermelha de bom cheiro, e após ela nasce uma castanha, e da castanha nasce um pomo do tamanho de um repinaldo, ou maçã camoeza; é fruta muito formosa, e são alguns amarelos, e outros vermelhos, e tudo é sumo: são bons para a calma, refrescam muito, e o sumo põe nódoa em pano branco que se não tira senão quando se acaba. A castanha é tão boa, e melhor que as de Portugal; comem-se assadas, e cruas deitadas em água como amêndoas peladas, e delas fazem maçapães, e bocados doces como amêndoas. A madeira desta árvore serve pouco ainda para o fogo, deita de si goma boa para pintar, e escrever em muita abundância. Com a casca tingem o fiado, e as cuias que lhe servem de panelas. Esta pisada e cozida com algum cobre até se gastar a terça d'água, é único remédio para chagas velhas e saram depressa. Destas árvores há tantas como os castanheiros em Portugal, e dão-se por esses matos, e se colhem muitos molhos de castanhas, e a fruta em seus tempos a todos farta. Destes acajus fazem os índios vinho[1].

Mangaba — Destas árvores há grande cópia, máxime na Bahia, porque nas outras partes são raras; na feição se parece com macieira de anáfega, e na folha com a de freixo; são árvores graciosas, e sempre têm folhas verdes. Dão duas vezes fruto no ano: a primeira de botão, porque não deitam então flor, mas o mesmo botão é a fruta; acabada esta camada que

---

1 Ao vinho feito do sumo do caju, os indígenas davam o nome de cauim. O vocábulo estende-se à bebida feita de milho fermentado. (N.O.)

dura dois ou três meses, dá outra, tornando primeiro flor, a qual é toda como de jasmim, e de tão bom cheiro, mas mais esperto; a fruta é de tamanho de abricós, amarela, e salpicada de algumas pintas pretas, dentro tem algumas pevides[2], mas tudo se come, ou sorve como sorvas de Portugal; são de muito bom gosto, sadias, e tão leves que por mais que comam, parecem que não comem fruta; não amadurecem na árvore, mas caem no chão, e daí as apanham já maduras, ou colhendo-as verdes as põem em madureiro; delas fazem os índios vinhos; a árvore e a mesma fruta em verde, toda está cheia de leite branco, que pega muito nas mãos, e amarga.

Macuoé — Esta fruta se dá em umas árvores altas; parece-se com peras de mato de Portugal, o pé tem muito comprido, colhem-se verdes, e põem-se a madurar, e maduros são muito gostosos, e de fácil digestão; quando se hão de colher sempre se corta toda a árvore por serem muito altas, e se não fora esta destruição houvera mais abundância, e por isso são raras; o tronco tem grande cópia de leite branco, e coalha-se; pode servir de lacre se quiserem usar dele.

Araçá — Destas árvores há grande cópia, de muitas castas; o fruto são uns perinhos, amarelos, vermelhos, outros verdes: são gostosos, desenfastiados, apetitosos, por terem alguma ponta de agro. Dão fruto quase todo o ano.

Ombu — Este ombu é árvore grande, não muito alta, mas muito espalhada; dá certa fruta como ameixas alvares, amarela, e redonda, e por esta razão lhe chamam os portugueses ameixas; faz perder os dentes e os índios que as comem os perdem facilmente; as raízes desta árvore se comem, e são gostosas e mais saborosas que a balancia[3], porque são mais doces, e a doçura parece de açúcar. São frios, sadios, dão-se aos doentes de febres; e aos que vão para o sertão serve de água quando não têm outra.

Jaçapucaya — Esta árvore é das grandes e formosas desta terra; cria uma fruta como panela, do tamanho de uma grande bola de grossura de dois dedos, com sua cobertura por cima, e dentro está cheia de umas castanhas como mirabólanos, e assim parece que são os mesmos da Índia. Quando estão já de vez se abre aquela sapadoura[4], e cai a fruta; se comem muita dela verde, pela uma pessoa quantos cabelos tem em seu corpo; assadas é

---

2 **pevide**: semente. (N.O.)
3 **balancia**: melancia. (N.O.)
4 **sapadoura**: ou *sapadeira*, tampa. (N.O.)

boa fruta. Das panelas usam para grães[5] e são de dura; a madeira da árvore é muito rija, não apodrece, e é de estima para os eixos dos engenhos.

Araticu — Araticu é uma árvore do tamanho de laranjeira, e maior; a folha parece de cidreira, ou limoeiro; é árvore fresca e graciosa, dá uma fruta da feição e tamanho de pinhas, e cheira bem, tem arrazoado gosto, e é fruta desenfastiada.

Destas árvores há muitas castas, e uma delas chamada araticupaná; se comem muito da fruta fica em fina peçonha, e faz muito mal. Das raízes destas árvores fazem boias para redes, e são tão leves como cortiças.

Pequeá — Destas árvores há duas castas; uma delas dá uma fruta do tamanho de uma boa laranja, e assim tem a casca grossa como laranja; dentro desta casca não há mais que mel tão claro, e doce como açúcar em quantidade de um ovo, e misturado com ele tem as pevides.

Há outra árvore Pequeá: é madeira das mais prezadas desta terra; em Portugal se chama setim; tem ondas muito galantes, dura muito, e não apodrece.

Jaboticaba — Nesta árvore se dá uma fruta do tamanho de um limão de seitil; a casca, e gosto, parece de uva ferral, desde a raiz da árvore por todo o tronco até o derradeiro raminho; é fruta rara, e acha-se somente pelo sertão adentro da capitania de São Vicente. Desta fruta fazem os índios vinho, e o cozem como vinho d'uvas.

Neste Brasil há muitos coqueiros[6], que dão cocos excelentes como os da Índia; estes de ordinário se plantam, e não se dão pelos matos, senão nas hortas, e quintais; e há mais de vinte espécies de palmeira e quase todas dão fruto, mas não tão bom como os cocos; com algumas destas palmeiras cobrem as casas.

Além destas árvores de fruto há muitas outras que dão vários frutos, de que se aproveitarão, e sustentarão muitas nações de índios, juntamente com o mel, de que há muita abundância, e com as caças, porque não têm outros mantimentos.

Pinheiro — No sertão da capitania de São Vicente até ao Paraguai há muitos e grandes pinhais propriamente como os de Portugal, e dão pinhas com pinhões; as pinhas não são tão compridas, mas mais redondas, e maiores, os pinhões são maiores, e não são tão quentes, mas de bom temperamento e sadios.

---

5   **grães**: ou *grais*, plural de *gral*, recipiente para triturar grãos, pilão. (N.O.)
6   Os coqueiros transplantados para o Brasil eram nativos da Índia e chegaram à Bahia através de Cabo Verde. (N.O.)

Da árvore que tem água

Esta árvore se dá em os campos e sertão da Bahia em lugares aonde não há água; é muito grande e larga, nos ramos tem uns buracos de comprimento de um braço que estão cheios de água que não tresborda nem no inverno, nem no verão, nem se sabe donde vem esta água, e quer dela bebam muitos, quer poucos, sempre está no mesmo ser, e assim serve não somente de fonte mas ainda de um grande rio caudal, e acontece chegarem 100 almas ao pé dela, e todos ficam agasalhados, bebem, e levam tudo o que querem, e nunca falta água; é muito gostosa, e clara, e grande remédio para os que vão ao sertão quando não acham outra.

Das árvores que servem para madeira

Neste Brasil há arvoredos em que se acham árvores de notável grossura, e comprimento, de que se fazem mui grandes canoas, de largura de 7 e 8 palmos de vão, e de comprimento de cinquenta e mais palmos, que carregam como uma grande barca, e levam 20 e 30 remeiros; também se fazem mui grandes gangorras para os engenhos. Há muitos paus como incorruptíveis que metidos na terra não apodrecem, e outros metidos n'água cada vez são mais verdes, e rijos. Há pau-santo, de umas águas brancas de que se fazem leitos muito ricos, e formosos. Pau do Brasil, de que se faz tinta vermelha, e outras madeiras de várias cores, de que se fazem tintas muito estimadas, e todas as obras de torno e marcenaria. Há paus-de-cheiro, como Jacarandá, e outros de muito preço e estima. Acham-se sândalos brancos em quantidade. Pau d'aquila em grande abundância que se fazem navios dele, cedros, pau d'angelim, e árvore de noz-moscada; e ainda que estas madeiras não sejam tão finas, e de tão grande cheiro como as da Índia, todavia falta-lhes pouco, e são de grande preço, e estima.

Das ervas que são fruto e se comem

Mandioca — O mantimento ordinário desta terra que serve de pão se chama mandioca, e são umas raízes como de cenouras, ainda que mais grossas e compridas. Estas deitam umas varas, ou ramos, e crescem até altura de quinze palmos. Estes ramos são muito tenros, e têm um miolo branco por dentro, e de palmo em palmo têm certos nós. E desta grandura se quebram, e plantam na terra em uma pequena cova, e lhes ajuntam terra ao pé, e ficam metidos tanto quanto basta para se terem, e daí a seis, ou nove meses têm já raízes tão grossas que servem de mantimento.

Contém esta mandioca debaixo de si muitas espécies, e todas se comem e conservam-se dentro na terra, três, quatro, e até oito anos, e não é necessário celeiro, porque não fazem senão tirá-las, e fazer o mantimento fresco de cada dia, e quanto mais estão na terra, tanto mais grossas se fazem, e rendem mais.

Tem algumas cousas de nota, sc.[7] que tirado o homem, todo animal se perde por ela crua, e a todos engorda, e cria grandemente, porém se acaba de espremer, beberem aquela água só por si, não têm mais vida que enquanto lhe não chega ao estômago. Destas raízes espremidas e raladas se faz farinha que se come; também se deita de molho até apodrecer, e depois limpa, espremida, se faz também farinha, e uns certos beijus como filhós, muito alvos e mimosos. Esta mesma raiz depois de curtida n'água feita com as mãos em pilouros[8] se põe em caniços[9] ao fumo, onde se enxuga e seca de maneira que se guarda sem corrupção quanto querem e raspada do fumo, pisada em uns pilões grandes, e peneirada, fica uma farinha tão alva, e mais que de trigo, da qual misturada em certa têmpera com a crua se faz uma farinha biscoitada que chamam de guerra, que serve aos índios, e portugueses pelo mar, e quando vão à guerra como biscoito. Outra farinha se faz biscoitada da mesma água da mandioca verde se a deixam coalhar e enxugar ao sol, ou fogo; esta é sobre todas alvíssima, e tão gostosa, e mimosa que se não faz para quem quer. Desta mandioca curada ao fumo se fazem muitas maneiras de caldos que chamam mingaus, tão sadios, e delicados que se dão aos doentes de febres em lugar de amido, e tisanas[10], e da mesma se fazem muitas maneiras de bolos, coscorões, fartes, empenadilhas, queijadinhas d'açúcar, etc., e misturada com farinha de milho, ou de arroz, se faz pão com fermento, e levedo que parece de

---

7 **sc.**: abreviação de *scilicet*, do latim, "vale dizer" ou "a saber". (N.O.)
8 **pilouro**: ou *pelouro*, bala de pedra ou metal usada em antigas peças de artilharia; também pode significar bola de cera em que se colocava o voto de cada eleitor. (N.O.)
9 **caniço**: armação feita de canas usada em defumadouros. (N.O.)
10 **tisana**: bebida medicamentosa feita a partir de cereais ou ervas cozidos. (N.O.)

trigo.[11] Esta mesma mandioca curada ao fumo é grande remédio contra a peçonha, principalmente de cobras. Desta mandioca há uma que chamam aipim que contém também debaixo de si muitas espécies. Esta não mata crua, e cozida, ou assada, que é de bom gosto, e dela se faz farinha, e beijus, etc. Os índios fazem vinho dela, e é tão fresco e medicinal para o fígado que a ele se atribui não haver entre eles doentes do fígado. Certo gênero de Tapuias come a mandioca peçonhenta crua sem lhe fazer mal por serem criados nisso.

Os ramos desta erva, ou árvore são a mesma semente, porque os paus dela se plantam, as folhas, em necessidade, cozidas servem de mantimento.

Naná — Esta erva é muito comum, parece-se com erva babosa, e assim tem as folhas, mas não tão grossas e todas em redondo estão cheias de uns bicos muito cruéis; no meio desta erva nasce uma fruta como pinha, toda cheia de flores de várias cores muito formosas, e ao pé desta quatro, ou cinco olhos que se plantam; a fruta é muito cheirosa, gostosa, e uma das boas do mundo, muito cheia de sumo e gostoso, e tem sabor de melão, ainda que melhor, e mais cheiroso: é boa para doente de pedra, e para febres muito prejudicial. Desta fruta fazem vinho os índios muito forte, e de bom gosto. A casca gasta muito o ferro ao aparar, e o sumo tira as nódoas da roupa. Há tanta abundância desta fruta que se cevam os porcos com ela, e não se faz tanto caso pela muita abundância: também se fazem em conserva, e cruas desenjoam muito no mar, e pelas manhãs com vinho são medicinais.

Pacoba — Esta é a figueira que dizem de Adão, nem é árvore, nem erva, porque por uma parte se faz muito grossa, e cresce até vinte palmos em alto; o talo é muito mole, e poroso, as folhas que deita são formosíssimas e algumas de comprimento de uma braça, e mais, todas rachadas como veludo de Bragança, tão finas que se escreve nelas, e tão verdes, e frias, e frescas que deitando-se um doente de febres sobre elas fica a febre temperada com sua frialdade; são muito frescas para enramar as casas e igrejas. Esta erva deita em cada pé muitos filhos, cada um deles dá um cacho cheio de uns como figos, que terá às vezes duzentos, e como está de vez se corta o pé em que está o cacho, a outros vão crescendo, e assim vão multiplicando in infinitum; a fruta se põe a madurar e fica muito amarela, gostosa, e sadia, máxime para os enfermos de febres, e peitos que deitaram sangue; e assadas são gostosas e sadias. É fruta ordinária de que as hortas estão cheias, e são tantas que é uma fartura, e dão-se todo o ano.

---

[11] A descrição dos usos da mandioca revela o gosto de Cardim pela culinária. A importância que a mandioca assume no período colonial é tão grande que ela era chamada de pão do Brasil. (N.O.)

Maracujá[12] — Estas ervas são muito formosas, máxime nas folhas; trepam pelas paredes, e árvores como a hera; as folhas espremidas com verdete[13] é único remédio para chagas velhas, e boubas[14]. Dá uma fruta redonda como laranjas, outras à feição do ovo, uns amarelos, outros pretos, e de outras várias castas. Dentro tem uma substância de pevides e sumo com certa teia que as cobre, e tudo junto se come, e é de bom gosto, tem ponta de azedo, e é fruta de que se faz caso.

Nesta terra há outros gêneros muitos de frutas, como camarinhas pretas, e vermelhas, batatas, outras raízes que chamam mangará, outra que chamam cará, que se parece com nabos, e tuberas[15] da terra. Das batatas fazem pão e várias cousas doces; têm estes índios outros muitos legumes, sc. favas, mais sadias e melhores que as de Portugal, e em grande abundância, muitos gêneros de abóboras, e algumas tão grandes que fazem cabaças para carretar água que levarão dois almudes[16], ou mais: feijões de muitas castas, são gostosos, e como os de Portugal. Milho de muitas castas, e dele fazem pão, vinho, e se come assado e com ele engordam os cavalos, porcos, galinhas, etc., e umas tajaobas, que são como couves, e fazem purgar, e uma erva por nome Jambig, único remédio para os doentes de fígado e pedra; também há muitos gêneros de pimentas, que dão muito gosto ao comer.

Dos animais, árvores, ervas, que vieram de Portugal e se dão no Brasil

Este Brasil é já outro Portugal, e não falando no clima que é muito mais temperado, e sadio, sem calmas grandes, nem frios, e donde os homens vivem muito com poucas doenças, como de cólica, fígado, cabeça, peitos, sarna, nem outras enfermidades de Portugal; nem falando do mar que tem muito pescado, e sadio; nem das cousas da terra que Deus cá deu a esta nação; nem das outras comodidades muitas que os homens têm para viverem, e passarem a vida, ainda que as comodidades das casas não são muitas por serem as mais delas de taipa, e palha, ainda que já se

---

12 Segundo Teodoro Sampaio, *maracujá* significa "fruto do *marahú*", que se toma de sorvo. (N.O.)
13 **verdete**: neste caso, possivelmente um tipo de uva. (N.O.)
14 **bouba**: doença tropical contagiosa caracterizada por lesões cutâneas. (N.O.)
15 **tubera**: ou *túbera*, trufa. (N.O.)
16 **almude**: antiga unidade de medida de capacidade para líquidos. (N.O.)

vão fazendo edifícios de pedra e cal, e telha; nem as comodidades para o vestido não são muitas, por a terra não dar outro pano mais que de algodão. E nesta parte padecem muito os da terra, principalmente do Rio de Janeiro até São Vicente, por falta de navios que tragam mercadorias e panos; porém as mais capitanias são servidas de todo gênero de panos e sedas, e andam os homens bem-vestidos, e rasgam muitas sedas e veludos. Porém está já Portugal, como dizia, pelas muitas comodidades que de lá lhe vêm.

Cavalos[17] — Nesta província se dá bem a criação dos cavalos e há já muita abundância deles, e formosos ginetes[18] de grande preço que valem duzentos e trezentos cruzados e mais, e já há correr de patos, de argolinhas, canas, e outros torneios, e escaramuças, e daqui começam prover Angola de cavalos, de que lá tem.

Vacas — Ainda que esta terra tem os pastos fracos; e em Porto Seguro há uma erva que mata as vacas em a comendo, todavia há já grande quantidade delas e todo o Brasil está cheio de grandes currais, e há homem que tem quinhentas ou mil cabeças; e principalmente nos campos de Piratininga[19], por ter bons pastos, e que se parecem com os de Portugal, é uma formosura ver a grande criação que há.

Porcos — Os porcos se dão cá bem, e começa de haver grande abundância; é cá a melhor carne de todas, ainda que de galinha, e se dá aos doentes, e é de muito bom gosto.

Ovelhas — Até o Rio de Janeiro se acham já muitas ovelhas, e carneiros, e engordam tanto que muitos arrebentam de gordos, nem é cá tão boa carne como em Portugal.

Cabras — As cabras ainda são poucas, porém dão-se bem na terra, e vão multiplicando muito, e cedo haverá grande multidão.

Galinhas — As galinhas são infinitas, e maiores que no Reino, e pela terra ser temperada se criam bem, e os índios as estimam, e as criam por dentro do sertão trezentas e quatrocentas léguas; não é cá a carne delas tão gostosa como no Reino.

Perus — As galinhas de peru se dão bem nesta terra, e há grande abundância, e não há convite[20] onde não entrem.[21]

---

17 Os cavalos chegaram ao Brasil através de Cabo Verde. (N.O.)
18 **ginete:** cavalo de boa raça e bem adestrado. (N.O.)
19 **campos de Piratininga:** o território da capitania de São Vicente situado além da serra do Mar. (N.O.)
20 **convite:** neste caso, significa banquete. (N.O.)
21 Essa espécie de ave acabou recebendo esse nome depois de ser trazida do Peru para a Espanha pelos conquistadores. Chegou a Portugal e depois foi introduzida no Brasil. (N.O.)

Adens[22] — As garças se dão bem, e há grande abundância; também há outro gênero delas cá mesmo desta terra: são muito maiores e formosas.

Cães[23] — Os cães têm multiplicado muito nesta terra, e há-os de muitas castas; são cá estimados assim entre os portugueses que os trouxeram, como entre os índios que os estimam mais que quantas cousas têm pelos ajudarem na caça, e serem animais domésticos, e assim os trazem as mulheres às costas de uma parte para outra, e os criam como filhos, e lhes dão de mamar ao peito.

Árvores — As árvores de espinhos, como laranjeiras, cidreiras, limoeiros, limeiras de várias sortes, se dão também nesta terra que quase todo o ano tem fruto, e há grandes laranjais, cidrais, até se darem pelos matos, e é tanta a abundância destas cousas que delas se não faz caso. Têm grandes contrárias nas formigas, e com tudo isto há muita abundância sem nunca serem regadas, e como não falta açúcar se fazem infinitas conservas, sc. cidrada, limões, florada, etc.

Figueiras — As figueiras se dão cá bem, e há muitas castas, como beboras, figos negraes, berjaçotes e outras muitas castas: e até o Rio de Janeiro que são terras mais sobre quente dão duas camadas no ano.

Marmeleiros — No Rio de Janeiro, e São Vicente, e no campo de Piratininga se dão muitos marmelos, e dão quatro camadas uma após outra, e há homem que em poucos marmeleiros colhe dez, e doze mil marmelos, e aqui se fazem muitas marmeladas, e cedo se escusarão as da ilha da Madeira.

Parreiras — Há muitas castas d'uvas como ferrais, boais, bastarda, verdelho, galego, e outras muitas, até o Rio de Janeiro tem todo o ano uvas se as querem ter, porque se as podam cada mês, cada mês vão dando uvas sucessivas. No Rio de Janeiro, e máxime em Piratininga se dão vinhas, e carregam de maneira que se vem ao chão com elas não dão mais que uma novidade, já começam de fazer vinhos, ainda que têm trabalho em o conservar, porque em madeira fura-lha a broca logo, e talhas de barro, não as têm; porém buscam seus remédios, e vão continuando, e cedo haverá muitos vinhos.

22　**adem**: pato-selvagem. (N.O.)

23　Os cães não tiveram na conquista do Brasil o mesmo papel que na América espanhola. Entre diversos relatos do uso dos cães para atacar a população autóctone, vale citar o do frei Diego de Landa (1524-1579) sobre a conquista de Yucatán: "O capitão Alonso Lopez de Avila tinha-se apossado, durante a guerra, de uma jovem índia, uma mulher bela e graciosa. Ela havia prometido ao marido, que temia ser morto na guerra, não pertencer a nenhum outro, e assim nenhuma persuasão pôde impedi-la de preferir perder a vida a deixar-se seduzir por outro homem; por isso ela foi atirada aos cães". (N.O.)

Ervas — No Rio de Janeiro, e Piratininga há muitas roseiras, somente de Alexandria, destilam muitas águas, e fazem muito açúcar rosado para purgas, e para não purgar, porque não têm das outras rosas; cozem as de Alexandria n'água, e botando-lha fora fazem açúcar rosado muito bom com que não purgam.

Legumes — Melões não faltam em muitas capitanias, e são bons e finos; muitas abóboras de que fazem também conserva, muitas alfaces, de que também a fazem couves, pepinos, rabãos, nabos, mostarda, hortelã, coentros, endros, funchos, ervilhas, gerselim, cebolas, alhos, borragens, e outros legumes que do Reino se trouxeram, que se dão bem na terra.

Trigo — No Rio de Janeiro e Campo de Piratininga se dá bem trigo, não o usam por não terem atafonas[24] nem moinhos, e também têm trabalho em o colher, porque pelas muitas águas, e viço da terra não vem todo junto, e multiplica tanto que um grão deita setenta, e oitenta espigas, e umas maduras vão nascendo outras e multiplica quase *infinitum*. De menos de uma quarta de cevada que um homem semeou no Campo de Piratininga, colheu sessenta e tantos alqueires, e se os homens se dessem a esta granjeira[25], seria a terra muito rica e farta.

Ervas cheirosas — Há muitos manjericões, cravos amarelos, e vermelhos se dão bem em Piratininga, e outras ervas cheirosas, como cebola-cecém, etc.

Sobretudo tem este Brasil uma grande comodidade para os homens viverem que não se dão nela percevejos, nem piolhos, e pulgas há poucas, porém, entre os índios, e negros da Guiné acham piolhos; porém, não faltam baratas, traças, vespas, moscas, e mosquitos de tantas castas, e tão cruéis, e peçonhentos, que mordendo em uma pessoa fica a mão inchada por três ou quatro dias, máxime aos reinóis, que trazem o sangue fresco, e mimoso do pão e vinho, e mantimentos de Portugal.

---

24 **atafona:** engenho de moer grãos. (N.O.)
25 **granjeira:** ou *granjearia*, cultivo, lavoura, exploração agrícola. (N.O.)

Gabriel Soares de Sousa
UMA PEQUENA ENCICLOPÉDIA SOBRE O BRASIL

Gabriel Soares de Sousa (Ribatejo?, Portugal, c. 1540 - sertão da Bahia, 1592) integrava a expedição de Francisco Barreto que tinha a África como destino. Por ocasião de escala na Bahia, porém, apaixonou-se pela terra e resolveu nela permanecer. Tornou-se um próspero senhor de engenho e foi também vereador. Recebendo de seu irmão João Coelho de Sousa um roteiro de minas de prata no território de Minas Gerais, voltou à Europa em 1584 para obter da corte de Madri a concessão para explorá-las.

Lá permaneceu seis anos, aproveitando esse tempo para reunir num livro os apontamentos que tinha feito sobre o Brasil, durante sua estada no país. Regressou à Bahia em 1591, nomeado capitão-mor da conquista e descobrimento do rio São Francisco. Organizou então uma bandeira que partiu para o sertão, onde morreu, assim como a maioria dos homens da expedição. Seu sobrinho Bernardo Ribeiro mandou buscar seus restos mortais, que foram sepultados no Mosteiro de São Bento, em Salvador, com o epitáfio "Aqui jaz um pecador", conforme havia determinado em testamento.

A autoria do *Tratado descritivo do Brasil* em 1587 foi estabelecida pelo historiador Varnhagen (1816-1878), a partir de cópias manuscritas da obra, que não foi impressa em vida do autor. O livro se divide em duas partes: o "Roteiro geral", ou "Tratado descritivo", e a "Declaração das grandezas da Bahia". O texto tem um caráter enciclopédico, registrando observações sobre a natureza e o homem do Brasil, com todas as implicações da colonização portuguesa nos trópicos. O autor dedicou especial atenção à capitania da Bahia, da qual era decididamente entusiasta.

Em estudo sobre o *Tratado*, afirma o professor José Aderaldo Castello:

> Esclareça-se, desde já, que em tudo o autor é preciso e minucioso, revelando-se ao mesmo tempo sempre preocupado com as possibilidades do

real aproveitamento da terra, com o povoamento e exploração dela. Rigorosamente, não há capítulo em que não ressalte a boa qualidade da terra, a sua fertilidade, o que nela se deve cultivar, e a cada passo adverte o governo português da necessidade de povoar e fortificar certas regiões, para preservar sua província da cobiça estrangeira. Do ponto de vista estritamente da história literária, e independente da atitude mais geral da obra, ressaltamos, de maneira particular, certas sugestões temáticas nela contidas, ou referências que devem ser levadas em conta para o estudo da frequência temática de manifestações literárias do Brasil-Colônia.

Tratado descritivo do Brasil em 1587

Para alertar o rei de Portugal sobre as diversas possibilidades econômicas da Colônia, o autor redige um texto de caráter enciclopédico, focalizando desde aspectos políticos e administrativos, até a exuberância da natureza e dos nativos.

Capítulo I

Em que se declara quem foram os primeiros descobridores da província do Brasil, e como está arrumada.

A província do Brasil está situada além da linha equinocial da parte do sul, debaixo da qual começa ela a correr junto do rio que se diz das Amazonas, onde se principia o norte da linha de demarcação e repartição[1]; e vai correndo esta linha pelo sertão desta província até 45 graus, pouco mais ou menos.

Esta terra se descobriu aos 25 dias do mês de abril de 1500 anos por Pedro Álvares Cabral, que neste tempo ia por capitão-mor para a Índia por mandado de el-rei D. Manuel, em cujo nome tomou posse desta província, onde agora é a capitania de Porto Seguro, no lugar onde já esteve a vila de Santa Cruz, que assim se chamou por se aqui arvorar uma muito grande, por mando de Pedro Álvares Cabral, ao pé da qual mandou dizer, em seu dia, a 3 de maio,[2] uma solene missa, com muita festa, pelo qual respeito se chama a vila do mesmo nome, e a província muitos anos foi nomeada por Santa Cruz e de muitos Nova Lusitânia; e para solenidade desta posse plantou este capitão no mesmo lugar um padrão com as armas de Portugal, dos que trazia para o descobrimento da Índia para onde levava sua derrota.

---

1 Trata-se da linha estabelecida pelo Tratado de Tordesilhas. (N.O.)
2 O autor se equivoca quanto às datas: o descobrimento aconteceu em 22 de abril, a primeira missa em 26 de abril e a segunda em 1º de maio. Em 3 de maio a armada já estava no mar, a caminho da Índia. (N.O.)

A estas partes foi depois mandado por Sua Alteza Gonçalo Coelho[3] com três caravelas de armada, para que descobrisse esta costa, com as quais andou por elas muitos meses buscando-lhe os portos e rios, em muitos dos quais entrou e assentou marcos dos que para este descobrimento levava, no que passou grandes trabalhos pela pouca experiência e informação que se até então tinha de como a costa corria, e do curso dos ventos com que se navegava. E recolhendo-se Gonçalo Coelho com perda de dois navios, com as informações que pôde alcançar, as veio dar a el-rei D. João, o III, que já neste tempo reinava, o qual logo ordenou outra armada de caravelas que mandou a estas conquistas, a qual entregou a Cristóvão Jacques, fidalgo de sua casa que nela foi por capitão-mor, o qual foi continuando no descobrimento desta costa e trabalhou um bom pedaço sobre aclarar a navegação dela, e plantou em muitas partes padrões que para isso levava.

Contestando com a obrigação do seu regimento, e andando correndo a costa, foi dar com a boca da Bahia, a que pôs o nome de Todos os Santos, pela qual entrou dentro, e andou especulando por ela todos os seus recôncavos, em um dos quais — a que chamam o rio do Paraguaçu — achou duas naus francesas que estavam ancoradas resgatando com o gentio, com as quais se pôs às bombardas, e as meteu no fundo, com o que se satisfez e se recolheu para o Reino, onde deu informações a Sua Alteza, que, com elas, e com as primeiras e outras que lhe tinha dado Pero Lopes de Sousa, que por esta costa também tinha andado com outra armada, ordenou de fazer povoar essa província, e repartir a terra dela por capitães e pessoas que se ofereceram a meter nisso todo o cabedal de suas fazendas, do que faremos particular menção em seu lugar.

Capítulo LX

Em que se declara cuja é a capitania de São Vicente.

Parece que é necessário, antes de passar mais adiante, declarar cuja é a capitania de São Vicente, e quem foi o povoador dela, da qual fez el-rei

---

3 **Gonçalo Coelho:** navegador e cosmógrafo português (1451?/1454?-1512), que veio ao Brasil em 1501, a mando do rei dom Manuel I, para reconhecimento da costa brasileira. Escreveu uma "Descrição do Brasil", que ofereceu a dom João III, o Piedoso (1502-1557). (N.O.)

D. João III de Portugal mercê a Martim Afonso de Sousa, cuja fidalguia e esforço é tão notório a todos, que é escusado bulir, neste lugar, nisso, e os que dele não sabem muito vejam os livros da Índia, e verão os feitos maravilhosos que nela acabou, sendo capitão-mor do mar e depois governador. Sendo este fidalgo mancebo, desejoso de cometer grandes empresas, aceitou esta capitania com cinquenta léguas da costa, como as de que já fizemos menção, a qual determinou de ir povoar em pessoa, para o que fez prestes uma frota de navios, que proveu de mantimentos e munições de guerra como convinha; na qual embarcou muitos moradores casados que o acompanharam, com os quais se partiu do porto de Lisboa, donde começou a fazer sua viagem, e com próspero tempo chegou a esta província do Brasil, e no cabo da sua capitania tomou porto no rio que se agora chama de São Vicente, onde se fortificou e assentou a primeira vila, que se diz do mesmo nome do rio, que fez cabeça da capitania. E esta vila foi povoada de muita e honrada gente que nesta armada foi, a qual assentou numa ilha, donde lançou os guaianases, que é o gentio que a possuía e senhoreava aquela costa até contestarem com os tamoios; a qual vila floresceu muito nestes primeiros anos, por ser ela a primeira em que se fez açúcar na costa do Brasil, donde se as outras capitanias proveram de canas-de-açúcar para plantarem, e de vacas para criarem e ainda agora floresce e tem em si um honrado mosteiro de padres da companhia, e alguns engenhos de açúcar, como fica dito. Com o gentio teve Martim Afonso pouco trabalho, por ser pouco belicoso e fácil de contentar, e como fez pazes com ele, e acabou de fortificar a vila de São Vicente e a da Conceição, se embarcou em certos navios que tinha, e foi correndo a costa descobrindo-a, e os rios dela até chegar ao rio da Prata, pelo qual navegou muitos dias com muito trabalho, aonde perdeu alguns dos navios pelos baixos do mesmo rio, em que se lhe afogou alguma gente, donde se tornou a recolher para a capitania, que acabou de fortificar como pôde. E deixando nela quem a governasse e defendesse, se veio para Portugal chamado de Sua Alteza, que se houve por servido dele naquelas partes, e o mandou para as da Índia. E depois de a governar se veio para estes reinos que também ajudou a governar com el-rei D. João, que o fez do seu Conselho de Estado; e o mesmo fez reinando el-rei D. Sebastião, no tempo em que governava a rainha dona Catarina, sua avó e depois o cardeal D. Henrique, para o que tinha todas as partes convenientes. Nestes felizes anos de Martim Afonso favoreceu muito esta sua capitania com navios e gente que a ela mandava, e deu ordem com que mercadores poderosos fossem e mandassem a ela fazer engenhos de açúcar e grandes fazendas, como tem até hoje em dia, do que já fizemos menção. Tem este rio de São Vicente grande comandante para se fortificar e defender, ao que é necessário acudir com brevidade, por ser mui importante esta fortificação ao serviço de Sua Majestade, porque, se se apoderarem dela os inimigos, serão maus de lançar fora, pelo cômodo que têm na mesma terra, para se fortificarem nela e defenderem de quem os quiser lançar fora. Por morte de Martim Afonso herdou esta capitania seu filho primogênito, Pero Lopes de Sousa[4], por cujo falecimento a herdou seu filho Lopo de Sousa.

Capítulo II

Em que se contém quem foi Tomé de Sousa e de suas qualidades.

Tomé de Sousa foi um fidalgo honrado, ainda que bastardo, homem avisado, prudente e mui experimentado na guerra de África e da Índia, onde se mostrou mui valoroso cavaleiro em todos os encontros em que se achou; pelos quais serviços e grande experiência que tinha, mereceu fiar dele el-rei tamanha empresa como esta que lhe encarregou, confiando de seus merecimentos e grandes qualidades que daria a conta dela que dele esperava; a quem deu por ajudadores ao dr. Pedro Borges, para com ele servir de ouvidor-geral, pôr o governo da justiça em ordem em todas as capitanias; e a Antônio Cardoso de Barros para também ordenar neste Estado o tocante à Fazenda de Sua Alteza, porque até então não havia ordem numa coisa nem noutra, e cada um vivia ao som da sua vontade. O qual Tomé de Sousa também levou em sua companhia padres da Companhia de Jesus, para doutrinarem e converterem o gentio na nossa santa fé católica, e a outros sacerdotes, para ministrarem os sacramentos nos tempos devidos. E no tempo que Tomé de Sousa desembarcou, achou na Vila Velha a um Diogo Álvares, de alcunha o Caramuru, grande língua dos gentios, o qual, depois da morte de Francisco

---

4   Trata-se efetivamente do filho de Martim Afonso de Sousa, homônimo de seu irmão, autor de *Diário da navegação*. (N.O.)

Pereira[5], fez pazes com o gentio; e, com elas feitas, se veio dos Ilhéus a povoar o assento das casas em que dantes vivia, que era afastado da povoação, onde se fortificou e recolheu com cinco genros que tinha, e outros homens que o acompanharam, dos que escaparam da desventura de Francisco Pereira, os quais, ora com armas, ora com boas razões, se foram defendendo e sustentando até a chegada de Tomé de Sousa, por cujo mandado Diogo Álvares quietou o gentio e o fez dar obediência ao governador, e oferecer-se ao servir; o qual gentio em seu tempo viveu muito quieto e recolhido, andando ordinariamente trabalhando na fortificação da cidade a troco do resgate que lhe por isso davam.

Capítulo III

Em que se declara como se edificou a cidade do Salvador.

Como Tomé de Sousa acabou de desembarcar a gente da armada e a assentou na Vila Velha, mandou descobrir a baía, e que lhe buscassem mais para dentro alguma abrigada melhor que a em que estava a armada para a tirarem daquele porto da Vila Velha, onde não estava segura, por ser muito desabrigada; e por se achar logo o porto e ancoradouro, que agora está defronte da cidade, mandou passar a frota para lá, por ser muito limpo e abrigado; e como teve a armada segura, mandou descobrir a terra bem, e achou que defronte do mesmo porto era melhor sítio que por ali havia para edificar a cidade, e por respeito do porto assentou que não convinha fortificar-se no porto de Vila Velha, por defronte desse porto estar uma grande fonte, bem à borda da água que servia para aguada dos navios e serviço da cidade, o que pareceu bem a todas as pessoas do conselho que nisso assinaram. E tomada esta resolução, se pôs em ordem para este edifício, fazendo primeiro uma cerca muito forte de pau a pique, para os trabalhadores e soldados poderem estar seguros do gentio. Como foi acabada, arrumou a cidade dela para dentro, arruando-a por boa ordem com as casas cobertas de palma, ao modo do gentio, nas quais por entre-

---

5 **Francisco Pereira**: Francisco Pereira Coutinho (?-1547), fidalgo português, donatário da capitania da Bahia de Todos os Santos. Foi capturado e devorado pelos indígenas. (N.O.)

tanto se agasalharam os mancebos e soldados que vieram na armada. E como todos foram agasalhados, ordenou de cercar esta cidade de muros de taipa grossa, o que fez com muita brevidade, com dois baluartes ao longo do mar e quatro da banda da terra, em cada um deles assentou muito formosa artilharia que para isso levava, com o que a cidade ficou muito bem fortificada para se segurar do gentio; na qual o governador fundou logo um colégio dos padres da Companhia, e outras igrejas e grandes casas, para viverem os governadores, casas da câmara, cadeia, alfândega, contos, fazendas, armazéns, e outras oficinas convenientes ao serviço de Sua Alteza.

Capítulo CL

Em que se declara o modo[6] e a linguagem dos tupinambás.

Ainda que os tupinambás se dividiram em bandos, e se inimizaram uns com outros, todos falam uma língua que é quase geral pela costa do Brasil, e todos têm uns costumes em seu modo de viver e gentilidades[7]; os quais não adoram nenhuma coisa, nem têm nenhum conhecimento da verdade, nem sabem mais que há morrer e viver; e qualquer coisa que lhes digam, se lhes mete na cabeça, e são mais bárbaros que quantas criaturas Deus criou. Têm muita graça quando falam, mormente as mulheres; são mui compendiosas[8] na forma da linguagem, e muito copiosos no seu orar; mas faltam-lhes três letras das do ABC, que são F, L, R grande ou dobrado,[9] coisa muito para se notar; porque, se não têm F, é porque não têm fé em nenhuma coisa que adorem; nem os nascidos entre os cristãos e doutrinados pelos padres da Companhia têm fé em Deus Nosso Senhor, nem têm verdade, nem lealdade a nenhuma pessoa que lhes faça bem. E se não têm L na sua pronunciação, é porque não têm lei alguma que guar-

---

6   **modo:** entenda-se "modo de vida", comportamento, crenças, costumes, etc. (N.O.)
7   **gentilidade:** a religião dos gentios, paganismo. (N.O.)
8   **compendioso:** resumido, sintético; que se exprime por poucas palavras (N.O.)
9   Efetivamente, os fonemas /f/, /l/ e /r/ não existem no tupi antigo. Note-se que o autor se aproveita dessa lacuna linguística para tecer considerações morais (bastante parciais) sobre os indígenas. (N.O.)

dar, nem preceitos para se governarem; e cada um faz lei a seu modo, e ao som da sua vontade; sem haver entre eles leis com que se governem, nem têm leis uns com os outros. E se não têm esta letra R na sua pronunciação, é porque não têm rei que os reja, e a quem obedeçam, nem obedecem a ninguém, nem ao pai o filho, nem o filho ao pai, e cada um vive ao som da sua vontade; para dizerem Francisco dizem Pancico, para dizerem Lourenço dizem Rorenço, para dizerem Rodrigo dizem Rodigo; e por este modo pronunciam todos os vocábulos em que entram essas três letras.

Capítulo CLXI

> Que trata dos feiticeiros e dos que comem terra para se matarem.

Entre este gentio tupinambá há grandes feiticeiros, que têm este nome entre eles, por lhes meterem em cabeça mil mentiras; os quais feiticeiros vivem em casa apartada cada um por si, a qual é muito escura e tem a porta muito pequena, pela qual não ousa ninguém entrar em sua casa, nem de lhe tocar em coisa dela; os quais, pela maior parte, não sabem nada, e para se fazerem estimar e temer tomam este ofício, por entenderem com quanta facilidade se mete em cabeça a esta gente qualquer coisa; mas há alguns que falam com os diabos, que os espancam muitas vezes, os quais os fazem muitas vezes ficar em falta com o que dizem; pelo que não são tão cridos dos índios, como temidos. A estes feiticeiros chamam os tupinambás pajés; os quais se escandalizam de algum índio por lhe não dar sua filha ou outra coisa que lhe pedem, e lhe dizem: "Vai, que hás de morrer", ao que chamam "lançar a morte"; e são tão bárbaros que se vão deitar nas redes pasmados, sem quererem comer; e de pasmo se deixam morrer, sem haver quem lhes possa tirar da cabeça que podem escapar do mandado dos feiticeiros, aos quais dão alguns índios suas filhas por mulheres, com medo deles, por se assegurarem suas vidas. Muitas vezes acontece aparecer o diabo a este gentio, em lugares escuros, e os espanca de que correm de pasmo; mas a outros não faz mal, e lhes dá novas de coisas sabidas.

Tem este gentio outra barbaria muito grande, que se tomam qualquer desgosto, se anojam de maneira que determinam de morrer; e põem-se a comer terra, cada dia uma pouca, até que vêm a definhar e inchar do rosto e olhos, e morrer disso, sem lhe ninguém poder valer, nem desviar de se quererem matar; o que afirmam que lhes ensinou o diabo, e que lhes aparece, como se determinam a comer terra.

BIBLIOGRAFIA

ABREU, João Capistrano de. *Ensaios e estudos; crítica e história*. Rio de Janeiro: Civilização Brasileira, 1976.

ANCHIETA, José de. *Cartas, informações, fragmentos históricos e sermões*. Belo Horizonte: Itatiaia, 1988.

AZEVEDO, João Lúcio de. *Épocas de Portugal econômico*. Lisboa: Clássica, 1978.

BOSI, Alfredo. *História concisa da literatura brasileira*. São Paulo: Cultrix, 1976.

CARDIM, Fernão. *Tratados da terra e gente do Brasil*. São Paulo: Nacional, 1978.

CASTELLO, José Aderaldo. *Manifestações literárias do período colonial*. São Paulo: Cultrix, 1975.

CORTESÃO, Jaime. *A carta de Pero Vaz de Caminha*. Rio de Janeiro: Livros de Portugal, 1943.

DAVIDSON, Nicholas S. *A Contrarreforma*. Tradução de Walter Lellis Siqueira. São Paulo: Martins Fontes, 1991.

FRANCO, Afonso Arinos de Melo. *O índio brasileiro e a Revolução Francesa; as origens brasileiras da teoria da bondade natural*. Rio de Janeiro: José Olympio, 1976.

LAFAYE, Jacques. *Los conquistadores*. Ciudad de México: Siglo XXI, 1978.

LANDA, Diego de. *Relación de las cosas de Yucatán*. Ciudad de México: Porrua, 1986.

LEITE, Serafim. *Novas páginas de história do Brasil.* São Paulo: Nacional, 1965.

_____. *Breve itinerário para uma biografia do P. Manuel da Nóbrega: fundador da Província do Brasil e da cidade de São Paulo (1517-1580).* Lisboa/Rio de Janeiro: Brotéria/Livros de Portugal, 1955.

LEÓN-PORTILLA, Miguel. *A visão dos vencidos; a tragédia da conquista narrada pelos astecas.* Porto Alegre: L&PM, 1985.

LÉRY, Jean de. *Histoire d'un voyage faite en la terre du Brésil.* Paris: A. Lemerre, 1880.

_____. *Viagem à terra do Brasil.* Tradução de Sérgio Milliet. Belo Horizonte/São Paulo: Itatiaia/Edusp, 1980.

MAESTRI, Mário. *Terra do Brasil: a conquista lusitana e o genocídio tupinambá.* São Paulo: Moderna, 1993.

MARCHANT, Alexander. *Do escambo à escravidão; as relações econômicas de portugueses e índios na colonização do Brasil, 1500-1580.* São Paulo: Nacional, 1980.

NÓBREGA, Manuel da. *Cartas do Brasil, 1549-1560.* Belo Horizonte/São Paulo: Itatiaia/Edusp, 1988.

RODRIGUES, José Honório. *História da história do Brasil.* São Paulo: Nacional, 1979.

SAHAGÚN, Bernardino de. *Historia general de las cosas de Nueva España.* Ciudad de México: Porrua, 1989.

SALINAS, Samuel. *A Igreja e a conquista da América.* São Paulo: Mar Aberto, 1992.

SAMPAIO, Teodoro. *O tupi na geografia nacional.* São Paulo: Nacional, 1987.

SOUSA, Bernardino José de. *O pau-brasil na história nacional.* São Paulo: Nacional, 1978.

Sousa, Gabriel Soares de. *Tratado descritivo do Brasil em 1587*. São Paulo: Nacional, 1987.

Sousa, Pero Lopes de. *Diário de navegação da armada que foi à Terra do Brasil*. São Paulo: Parma, s.d. (Cadernos de história, v. 1.)

Staden, Hans. *Viagem ao Brasil*. Tradução de Alberto Löfgren, revista e anotada por Teodoro Sampaio. Rio de Janeiro: Officina Industrial Graphica, 1930.

_____. *Duas viagens ao Brasil*. Tradução de Guiomar Carvalho Franco. Belo Horizonte/São Paulo: Itatiaia/Edusp, 1974.

Thevet, André. *Les singularitez de la France antarctique*. Paris: Maisonneuve, 1878.

_____. *As singularidades da França Antártica*. Tradução de Eugênio Amado. Belo Horizonte/São Paulo: Itatiaia/Edusp, 1978.

Vários Autores. *O reconhecimento do Brasil*. Lisboa: Alfa, 1989.

Varnhagen, Francisco Adolfo de. *História geral do Brasil*. São Paulo: Melhoramentos, s.d., t. I.

Vasconcelos, Simão de. *Crônica da Companhia de Jesus*. Petrópolis: Vozes, 1977. 2 v.

BOM LIVRO NA INTERNET

Ao lado da tradição de quem publica clássicos desde os anos 1970, a Bom Livro aposta na inovação. Aproveitando o conhecimento na elaboração de suplementos de leitura da Editora Ática, a série ganha um suplemento voltado às necessidades dos estudantes do ensino médio e daqueles que se preparam para o exame vestibular. E o melhor: que pode ser consultado pela internet, tem a biografia do autor e traz a seção "O essencial da obra", que aborda temas importantes relacionados à obra.

Acesse **www.atica.com.br/bomlivro** e conheça o suplemento concebido para simular uma prova de vestibular: os exercícios propostos apresentam o mesmo nível de complexidade dos exames das principais instituições universitárias brasileiras.

Na série Bom Livro, tradição e inovação andam juntas: o que é bom pode se tornar ainda melhor.

Créditos das imagens

Legenda
a no alto; **b** abaixo; **c** no centro; **d** à direita; **e** à esquerda

capa: *Who's afraid of red?* (Carneiros), 2002, obra de Dora Longo Bahia; **9b:** © Biblioteca Municipal Mário de Andrade, São Paulo; **12c:** © Biblioteca Nacional da França, Paris; **13d:** © Biblioteca Nacional, Rio de Janeiro; **15a:** Museus Castro Maya, Rio de Janeiro; **16e:** © Coleção José Mindlin, São Paulo; **19b:** © Tarsila do Amaral; **168b:** *Catálogo de clichês* / D. Salles Monteiro, São Paulo, Ateliê Editorial, 2003; **quarta capa:** Edilaine Cunha.

OBRA DA CAPA

DORA LONGO BAHIA
(São Paulo, SP, 1961)
Who's afraid of red? (Carneiros), 2002
Tinta acrílica sobre tela, 127 x 192 x 9 cm

As narrativas sobre o Brasil do século XVI são consideradas as primeiras manifestações literárias do país. Embora pareçam muito espontâneas, elas são fruto de reflexão e de recursos de construção literária. Tal característica pode ser observada nesta obra de Dora Longo Bahia, que se utiliza de uma imagem paradisíaca (a praia selvagem, intocada), para subvertê-la por meio da cor vermelha, o que mostra uma interferência e pode simbolizar a primazia do homem (e da colonização) sobre o meio natural. O cruzamento de impressão quase instintiva e construção racional perfazem a síntese da imagem, assim como nos relatos dos cronistas.

DORA LONGO BAHIA é ilustradora, cenógrafa e criadora de performances. A incorporação do "erro" e da dissonância e a exploração dos contrastes aparecem em seus vídeos, instalações e fotografias, que se valem de suportes inusitados, como o cimento. Suas obras já participaram de exposições em Cuba, na Holanda e na Argentina. Atua como professora universitária e como ilustradora de um importante jornal brasileiro.

BOM LIVRO

Os clássicos, do humanismo ao pré-modernismo, e de todos os gêneros literários, você encontra na série Bom Livro:

- **GIL VICENTE**
  Auto da barca do inferno, Farsa de Inês Pereira e Auto da Índia

- **LUÍS DE CAMÕES**
  Os lusíadas

- **TOMÁS ANTÔNIO GONZAGA**
  Marília de Dirceu & Cartas chilenas

- **GONÇALVES DIAS**
  Poesia lírica e indianista

- **JOSÉ DE ALENCAR**
  Iracema

- **MACHADO DE ASSIS**
  Contos

- **MACHADO DE ASSIS**
  O alienista

- **ALUÍSIO AZEVEDO**
  O cortiço

- **EUCLIDES DA CUNHA**
  Os Sertões

Para conhecer mais títulos da coleção acesse www.atica.com.br/bomlivro

Este livro foi composto nas fontes Interstate, projetada por Tobias Frere-Jones em 1993, e Joanna, projetada por Eric Gill em 1930, e impresso sobre papel pólen soft 70 g/m²